練習曲

愁堂れな

幻冬舎ルチル文庫

CONTENTS

✦目次✦

etude 練習曲

✦カバーデザイン＝清水香苗（CoCo.Design）
✦ブックデザイン＝まるか工房

イラスト・水名瀬雅良✦

etude 練習曲

1

今朝、桐生《きりゅう》は僕を起こすことなく七時に家を出ていった。

『起こすことなく』も何も、彼がベッドを出たときには僕も目覚めていたのだから一緒に起き出せばいいものを、そうすることが躊躇《ためら》われ、結局寝たふりを続けてしまったのだった。

いつもであれば桐生は、自分の起床と共に僕を起こしてくれる。たいていの場合、前夜、激しすぎるセックスをしたせいで、桐生の起床時間である午前六時という早い時間、僕は半分、否、八割九割は寝ぼけていて、起きたはいいがそのままダイニングのテーブルに突っ伏してしまう。そんな僕に呆れた視線を向けながらも桐生はコーヒーを淹《い》れてくれ、自分の支度にかかるのだ。

それらの行為は既に日常と化しているというのに、今朝、桐生は僕を起こしてはくれなかった。

おそらく彼は、僕との会話を避けている。だから敢えて僕を起こさず、一人で出ていったんだろう。

彼が望んでいないことがわかっているのに、のこのこ起き出し、僕のほうから桐生に声をかけることはやっぱりできない。だから寝たふりをしてしまったのだ——というのが卑怯な言い訳であることは勿論《もちろん》、自分が一番よくわかっていた。

ゴールデンウィークの終わりあたりから、僕と桐生の間は、なんだかぎくしゃくしてしまっていた。喧嘩をしたわけではない。表面上は桐生も、そして僕もいつもと同じく振る舞っている。キスもするし、ハグもする。ベッドに入ってからはセックスもするのだが、にもかかわらず二人の間には、いつもとは明らかに違う空気が流れていた。

その原因は——僕にある。

それがわかっていてなぜ、自ら働きかけないのだ、と自己嫌悪に陥る僕の口から、大きな溜め息が漏れた。

僕と桐生は、僕の勤め先である財閥系の総合商社の元同期で、紆余曲折《うよきょくせつ》を経て恋人同士となり、今は桐生のマンションで同居生活に入っている。

桐生は一年ほど前に僕の会社を辞め、外資系に転職した。いわゆるヘッドハンティングされた彼は、今や米国に本社がある企業の取締役に就任している。

無理やり身体《からだ》を開かされることが二人の関係の始まりではあったが、今、僕は桐生を心から愛しているし、桐生もまた僕を愛していると言ってくれる。

体面を考え、躊躇《ちゅうちょ》し続けていた同居に僕が踏み切ってからは、二人の関係もより濃密になり、ようやく僕は桐生の愛が自分にあると信じられるようになってきた。それまで僕は、その輝かしいキャリアや、万人の目を惹かずにはいられない外見、そしてあらゆる能力に秀でている中身を持つ彼と、凡庸な自分を比べ、なぜ桐生が僕などと付き合っているのか、不思議に思わずにはいられないでいたのだ。

僕は彼には相応しくない。劣等感が僕に猜疑心《さいぎしん》を植え付け、桐生がいくら『愛してる』と言ってくれても彼の言葉を信じることができなかった。桐生が嘘をついていると思っているわけではなく、そんな幸運が我が身に起こり得るのかと、それを疑っていたのである。

一緒に暮らし始めてからようやく僕は『起こり得る』たのだと信じられるようになった。

仕事に忙殺される僕らは——といっても僕の『忙殺』は単に能力が低いためなんじゃないかと思われるところが情けないのだが——それぞれ深夜に帰宅する。共に過ごせる時間はそれから朝までのたった数時間ではあるものの、桐生と一緒に眠り、そして目覚め、という日常に僕はこの上ない幸せを感じているし、おそらく桐生も同じ思いを抱いてくれているんじゃないかと思う。

二人の間の絆を桐生も、そして僕も確固たるものだと、ようやく思えてきた矢先、僕の考えなしの行動がそれをまたあやふやなものに逆戻りさせてしまった。

考えなし——というよりは、考えすぎてしまったのかもしれない。

僕の同期に田中和響《たなかかずとよ》という男がいる。今はメキシコに駐在中である田中とは入社時から気が合って、親友といってもいい間柄だった。

その田中が一時帰国しているので、同期の仲間で彼を囲みゴルフに行く約束となっていた。そのことを僕は、桐生に言えずにいたのだった。

言えなかった理由は、田中が僕にとってただの『同期』ではなかったためだった。田中は僕のことが好きだと——友人として以上の意味で好きだと告白してくれたことがあったのだ。

恋愛感情を持っているという理由からではなく、田中は僕に対し、常に救いの手をさしのべてくれた。僕を庇って喧嘩騒ぎを起こし、駐在の発令が取り消される危機に晒《さら》されたことまである。真の意味でのナイスガイである田中に僕は、どれだけ助けられたかわからない。田中は僕にとってかけがえのない友人ではあるのだが、彼から告白されたときには既に、僕の心の中には桐生がいた。

僕が何を言うより前に田中はそれを察し、以降、僕を『好き』だと言うことはなくなった。なので今、彼の気持ちが僕にあるか否かはわからない。もしかしたらとっくの昔に、心変わりをしているのかもしれないが、それを確かめる術はなかった。

田中が僕を好きだったということは、桐生も知っていた。それゆえ僕は、田中の一時帰国や、連休中に彼とゴルフに行くことを、なかなか桐生に打ち明けられずにいた。

だが、一昨日、一緒にゴルフに行く予定だった同期の尾崎《おざき》から、急遽《きゅうきょ》中止の連絡が入り、すべてが白日のもとに晒されることとなった。

田中の一時帰国は彼の父親が倒れたためだった。幸い命には別状ないということがわかり、それで彼も静岡の実家から東京へと戻り、同期とゴルフをする気になっていたのだが、上京の前日に父親の容態が急変したというのである。

その連絡を受けた際、僕の傍には桐生がいて、

『田中がどうかしたのか？』

と問いかけてきた。なんと桐生のもとにも他の同期からゴルフの誘いがあり、彼は最初から田中の帰国を知っていたということがわかったのだ。

『……お前がいつ言い出すかと思っていたが』

くす、と笑い俯《うつむ》いた桐生には、腹を立てている気配はなかった。だがそのときから僕たちの間には、なんともいえないぎこちない空気が流れるようになったのだった。

田中との間に、疚《やま》しいことは一つもない。なのにどうして僕は、田中と会うことを桐生に言い出せなかったのか。しかも二人きりで会うわけでもなんでもなく、同期四人でゴルフをするだけだというのに——。

このゴールデンウィークは、桐生の出張予定がキャンセルとなり、休みの間二人きりでずっと過ごせることになっていた。そのことを桐生が喜んでくれているように見えたので、な

んとなく切り出しにくかった――と、ここまで考えたとき、僕はまた彼のせいにしている自分に気づき、どうしようもないくらい自己嫌悪に陥った。

愚図愚図《ぐずぐず》考えている暇があったら、起きて支度でもしたほうがマシだ。そう思い、ベッドから降りてシャワーを浴びに浴室へと向かう。

桐生も朝、シャワーを浴びるが、几帳面な性格の彼はあとに使う僕のことを考え、洗面台や浴室を整えてくれるのが常だ。今朝も、床こそ濡れていたものの、あまり使った感じのしない綺麗な浴室内でシャワーを浴びながら、僕はまた我知らぬうちに大きな溜め息をついていた。

昨日はゴールデンウィークの最終日で、予定していたゴルフがなくなったために僕は終日家にいることとなった。その日まで桐生は、休みの間は一歩も外に出ずに過ごそうか、などと言っていたが、午後になってから買いたい本があると言い、一人部屋を出ていった。

それから一時間ほどして彼は戻ってきたが、買ってきた本を抱えたまま自分の部屋に引っ込み、夕食の時間までリビングに出てこなかった。夕食は結局デリバリーを頼んだのだが、食事の間、桐生の様子はいつもとまるで変わらなかったものの、食後はまた本を読みたいからと部屋に引っ込み、夜中すぎに寝室へとやってきたのだった。

今までも休日に桐生が一人で外出することもあれば、部屋にこもることも勿論あった。だから気にすることはないのかもしれないが、昨日に限っては桐生のその行動は、二人の間に漂う居心地の悪い空気が彼を外へと向かわせたのではないかと思わないではいられず、もうどうしたらいいのだ、と途方に暮れてしまったのだった。

迸《ほとばし》るシャワーの中、ぼんやりとそんなことを考えていた自分に気づき、いけない、と首を横に振る。日本はゴールデンウィークだが、海外は勿論休みじゃない。出社すれば仕事が山積みになっているだろうに、ぼんやりなどしていられない、と僕は敢えて頭の中から、懸案事項すべてを気力で追い出すと、今日は少し早く行こう、と心を決め、きびきびと動き始めた。

連休明けは皆が同じことを考えるのか、普段より三十分は早く出社したというのに、フロアの社員は七割方既に来ていた。

その中に田中の姿を認め、僕は同じ課のメンバーたちへの挨拶もそこそこに彼に駆け寄っていった。

「田中！」

「やあ」

僕を見て田中は少し驚いたように目を見開いた。久々に会う彼は日に焼けてはいたが、頬はこけ、少し疲れているように見えた。

それでも満面の笑みを浮かべてみせる彼に僕は、問うまでもないことをつい尋ねてしまっていた。

「大丈夫か？」

口にした途端、大丈夫なわけがない、と気づき、

「ごめん」

と慌てて謝る。そんな僕に対し田中は苦笑してみせたあと、ちら、と周囲を見渡し、耳元に口を寄せてきた。

「ちょっと、出られるか？」

「ああ、勿論」

頷《うなず》き、田中が「行こう」と目で示したエレベーターホールへと向かう。そのまま彼は下へのボタンを押し、すぐにやってきた箱に乗り込んだ。僕も続けて乗り込む。

「せっかく早く来たのに、悪いな」

仕事だろう？　と相変わらずの気遣いをみせながら、田中が地下二階のボタンを押した。社員食堂内にある自動販売機でコーヒーでも買うつもりだろうと察し、

「全然大丈夫だ。一応家でメールチェックはしていたし」

と僕が答えたと同時に、エレベーターは地下二階に到着した。

田中は予想どおり自販コーナーに向かっていった。

「何にする？」

奢《おご》ってくれるつもりなのか、振り返って尋ねてきた彼に僕は、

「いいよ」

と首を横に振り、隣の自販でコーヒーを買った。田中もまた自分のコーヒーを買うと、もう一度、

「悪いな」

と僕に詫びてきた。

「何が？」

謝ることなんかないだろう、と眉《まゆ》を顰《ひそ》めた僕を促し、薄暗い社食の中央辺りまで進むと、座ろう、と田中が席を示す。

「……ことがことだけに、あまり人には知られたくなかったものだから。ほんと、申し訳ない」

席に座った途端、田中が僕に深く頭を下げる。確かに、自分の父親が医療ミスにあったなどという話は、誰彼かまわず知らせたい内容ではないよな、と僕は言われて初めて気づいたと同時に、自分がいかに鈍感だったかにも気づかされ、逆に田中に深く頭を下げた。

「こっちこそ、あんなところで聞いたりしてごめん」

「お前が謝ることないよ」

田中が笑い、僕の肩をぽんと叩く。

「……正直、ショックはでかい。その上今、ちょっと困ったことになっていて、それで今日、出社したんだ」

「困ったことって？　どうした？」

仕事上、何かトラブルがあったとしても、田中は滅多に『困った』という弱音を口にしない。その彼がそう言うからには余程のことが起こったのだろうと、心配が募り、身を乗り出して尋ねた僕の前で、田中は、

「うん……」

と俯き、どこから話そうかと少し迷うような素振りをしたあと、ぽつぽつと話を始めた。

「親父が倒れた話はしたよな。頸椎《けいつい》を強く打ったものの、手術は成功したし、その後意識も戻って、それほどの後遺症は残らなそうだとわかり、ほっとしてたんだが……」

容態が急変したのは僕たちとのゴルフの前日、原因は点滴による投与ミスだと思われる、と田中は言葉を続け、僕に驚きの声を上げさせた。

「投与ミス？」

「ああ、幸い、家族皆で病室にいたから、父の容態が急変したことにすぐ気づくことができて、それで一命を取り留めたんだ。それから大騒ぎになったんだが、治療の最中、看護師と

医師との会話で、点滴が違う、という言葉が何度も出た。だが父の容態が安定してから担当医にそれを言っても、そんなことはないの一点張りでな。看護師を問い詰めても知らないと言う。病院ぐるみでミスを隠蔽《いんぺい》しようとしている、そんな病院、信用できないだろう？　だから、すぐにも転院させようとしたんだが……」

田中が言うには、病院側はミスが世間に知られるのを恐れてか、今は患者を動かすのは危険だと言ってきたらしいが、それがまた田中の、そして田中の家族の反感を買った。

それゆえなんとしてでも転院すると主張すると、病院側は今度は、県内の病院に密かに手を回したようで、入院設備のある信用のおけそうな病院をいくつ当たってみても、受け入れられない、と断られてしまったそうなのだ。

「……酷《ひど》いな……」

「ああ、医者は横の繋がりが強いとは聞いていたが、ここまでとは予想してなかった」

参った、と田中は溜め息をついたあと、話している間にすっかり冷めてしまったコーヒーを一口飲んだ。僕も彼につられ、コーヒーを飲む。

「こうなったら出るところに出て、とも思ったんだが、生憎俺の親にも親戚連中にも、法律関係に詳しい人間がいなくてな。それで思いついたのが、うちの会社、個人の法律相談に応じてくれる窓口があっただろう？　そこに弁護士を紹介してもらおうと思って出社したんだ」

「そういえば、弁護士を雇ったと聞いたことがある」

予約制であるその制度を、使ったという人間は周囲にはいなかったが、せっかくの社員の権利だ。使うべきだ、と頷いた僕に田中も頷き返し、

「それから」

と言葉を続けた。

「うちの診療所の所長、確かT大医学部だったと、それも思い出してさ。腐ってもT大、どこか病院を紹介してくれないかと、それも頼もうと思ってきたんだ」

「ああ、確か安城《あんじょう》さんのお母さんが去年、病院紹介してもらったって言ってたな」

安城さんというのは僕の課のベテラン事務職なのだが、去年、お母さんに癌《がん》が発見された。検査をしたのが地元のあまり大きくない医院だったそうで、そこで手術するのは不安だと思った彼女は診療所の石川《いしかわ》所長に相談し、T大附属病院を紹介してもらったという話を聞いたことがあった。

「ああ、俺もそれ、思い出したんだ」

田中がにっと笑って頷き、残りのコーヒーを一気に呷《あお》る。

「でも診療所のほうは空振りだった。今日は石川所長、休みだそうだ。明日は出てくるというので聞いてみるよ」

「……そうか……」

僕も残りのコーヒーを一気に飲むと「行くか」と声をかけ、立ち上がった田中に倣《なら》い席を立った。

「法律家か医師、どっちか身内に欲しいと、今回ほど思ったことはないよ」

ゴミ箱に近づき、ぽんと空の紙コップを投げ入れながら、田中が溜め息混じりに呟く。それを聞いたとき、僕の頭に浩二《こうじ》の――弟の顔が浮かんだ。

「まだ学生だから役に立てるかどうかはわからないけど、弟に病院の紹介を頼めないか、よかったら聞いてみようか？」

「え？」

先に立ってエレベーターホールへと歩き始めた田中の背に声をかけると、彼は驚いたような声を上げたが、すぐに以前、ちらっと話題に出た浩二のことを思い出したようだ。

「そういや長瀬《ながせ》の弟、慶応医学部だっけ？」

「うん。本人にツテはなくても、教授に頼むくらいのことはできると思う」

浩二は昔から目上の人間には可愛がられるタイプだった。甘え上手というのだろうか。今、ついている教授にも気に入られているという自慢を以前聞いた気がする。

『可愛い』教え子の頼みとあれば、教授もひと肌脱いでくれる――かもしれないが、これが浩二本人であるとか、直接の身内であるのならともかく、兄の友人の親となると、浩二にとっては『知り合い』ですらない。

誰でも彼でも紹介できないと言われかねないが、聞くのは決して無駄じゃないだろう。そう考えていた僕の心を読んだかのように、田中は申し訳なさそうな顔になると、

「申し訳ない。頼む」

と頭を下げてきた。

「よせよ。不肖の弟すぎて、全然役に立てないかもしれないんだし」

頭を下げてもらい損になっては悪い、と慌てて田中の腕を摑《つか》む。と、その手を田中がもう片方の手で握り締めてきたので、反射的に僕は自分の手を引きそうになった。

「ああ、悪い。そういうつもりじゃない」

田中もまたはっとした顔になり、僕の手を離す。

「あ、違う」

僕もそんなつもりじゃなかった——と、言おうとしたのだが、田中の言う『そういうつもり』と僕の『そんなつもり』が同じ事柄を指しているかはわからないと気づき、口を閉ざした。

「何が違うんだか」

あはは、と田中が笑い、僕の背をバシッと叩く。

「行こう」

「……うん」

田中が何ごともなかったかのように流そうとしている。それに乗るのが僕の役割だろうとはわかっていたが、それでも僕は彼の顔を見上げずにはいられなかった。

「なんだよ」

ちょうどやってきたエレベーターに乗り込みながら、田中が僕を見下ろし問いかける。

文系のくせに想像力が乏しいと言われることが多い僕だけれど、今の田中の胸の内はことさらに、まるで想像がつかなかった。

もう僕への思いは失せたのか。二人の間にあるのは友情か。もしもそうであるのなら、何も思い悩むことはない。だがもし、田中の思いがまだ僕にあったとしたら、僕はどういう態度で接すればいいのか。今のように、何事もなかったように振る舞うのがいいのか。それがまた、田中を傷つけることになってはいないだろうか。

逆に気を遣うほうが彼を傷つけるのではないか——と、混乱してきた頭を振ると、僕は結局『気づかぬふり』をすることを選んだ。

「……何か僕にできることがあれば、言ってくれ」

「ありがとう。話を聞いてくれるだけでもありがたいよ」

笑顔を作りそう告げた僕に田中もまた微笑《ほほえ》み、頷いてみせる。本当に、少しは田中の役に立てているのなら嬉しいのだけれど、と思いながら頷き返したところで、エレベーターは僕らのフロアに到着した。

その後田中は自分の所属していた課の課長を会議室へと呼び出し、事情を説明したようだった。僕のところには一緒にゴルフに行くはずだった吉澤《よしざわ》と尾崎から、田中の様子を尋ねるメールが来た。田中から聞いた話を二人に知らせると、昼、田中を元気づけるため一緒に昼食を取ろうということになった。

が、田中を誘うと、田中はこれから法務部に紹介された弁護士のところに行くということで、心底申し訳なさそうに「すまん」と謝ってきた。

「謝るなよ」

僕は慌てて彼の謝罪を退けると、何か有益な情報を得られるよう祈っている、と言い彼を送り出した。

田中抜きにはなったが、結局昼は同期三人で集まることとなり、会社の近所の中華料理店で待ち合わせた。

「医者は身内意識が強いからなあ」

医療関係の裁判で敗訴した親戚がいるという尾崎が言うのに、

「しかし、酷い話だよなあ」

と吉澤が憤慨する。

「一歩間違えりゃ、田中の親父さん危ないところだったんだろう？　それを病院ぐるみで隠蔽しようとするなんて、信じられないよ」

「本当に……」

思いは一緒だと、僕も彼の言葉に頷いた。

「転院させてやりたいよなあ」

「ああ、親父さんは勿論、家族だって不安だろう」

そこも意見は一緒なのだが、転院先となると三人して顔を見合わせてしまうのだった。

「診療所の石川先生に頼るしかないか」

「あとは長瀬の弟か……ああ、ウチの会社、ヘルスケアもやってるよな？　誰か同期、いなかったか？」

「寮の田沼《たぬま》さんが確かヘルスケアだ。病院関係にコネないか、聞いてみるか」

三人してない知恵を絞り、動くのは田中から弁護士に相談した結果を聞いたあとにしよう、という結論に達した。そろそろ昼休みも終わると会社に引き返しながら僕たちは、田中のために何ができるかをあれこれと話し合ったのだが、あまりいい案は浮かばなかった。

田中は結局その日、会社に帰って来なかった。心配ではあったが、連絡しようにも彼は今、一時帰国中で日本で使える携帯を持っていなかった。宿泊するホテルは聞いていたので、夕方、戻ってるかなと思い電話を入れてみたのだが部屋にはおらず、電話がほしい旨、伝言を頼んだ。

さすが連休明けで仕事は山積みとなっていたが、終業ベルが鳴ってすぐ僕は会社を飛び出し、昼間のうちに連絡を入れておいた弟との——浩二との待ち合わせ場所へと向かった。

「遅い！」

さすがは学生、浩二は相当暇らしく、待ち合わせ時間から一分も過ぎていないというのに、店に駆け込んだ僕にそう言い、睨《にら》んできた。

「お前が早いんだよ」

会社の近所の居酒屋で待ち合わせたのだが、既に浩二はできあがっているようだ。何時から飲んでいたんだか、と呆れた視線を向けた僕の前で、浩二が口を尖らせる。

「合コン振ってきたんだぜ。もっといたわってくれてもいいんじゃないの？」

「合コンだったのか？」

何も言わなかったじゃないか、と問い返した僕に向かい、浩二がこれ以上ないほどに恩着せがましい口調で言葉を返す。

「そうだよ。今回の相手はモデルだぜ。読者モデルじゃない、大手事務所所属の本物のモデルだっていうのにさあ」

「悪かった。話はすぐ済むから、なんならこのあとすぐ向かえばどうだ？」

あまりにも嫌みが過ぎるから——というわけではないが、そんなに惜しい合コンなら引き留めるのも悪いかと思いそう言うと、なぜか浩二の機嫌は途端に悪くなった。

「なんだよ。人を呼び出しておいて、自分の用事が済んだらとっとと帰れって？　ちょっとそれ、酷いんじゃない？」

「誰もそんなこと言ってないだろうに」

今夜は虫の居所が悪いらしく、やたらと絡んでくる浩二に閉口しつつも、これから頼み事をする身ゆえ、下手《したて》に下手に、と僕は心の中で溜め息をつくと、浩二のご機嫌をとるべく話しかけた。

「合コン、どこでやってるんだ？」

「知らない。もう断っちゃったし」

「しかしモデルとの合コンって凄いな。さすがは医学部、相手がハンパない」

「医学部は関係ない。いろんな学部の奴ら来るし」

相変わらずそっぽを向いたまま無愛想に答えていた浩二がここで口を閉ざし、眉を顰めて僕を見る。

「なに？」

「医学部がどうかした？」

「え？」

浩二は僕と違って、物凄く勘がいい。しかし良すぎるだろう、と驚いたあまり素《す》っ頓狂《とんきょう》な声を漏らしたところに、店員が注文を取りにやってきた。

「中生お願いします」

「俺も」

メニューを見る暇がなかったので、お約束、とばかりに『とりあえず』のビールを頼むと、浩二も店員に手を上げ、空になったジョッキを差し出した。

「で、医学部がどうしたの？」

店員が立ち去るのを待ちかねたように、浩二が僕に問いかけてくる。

「あ、いや、実は……」

きっかけはよくわからないが、浩二の機嫌は回復したらしい。身を乗り出し聞いてくる彼に、僕は田中の父親の話をざっと説明した。

「酷いな、それは」

すぐに運ばれてきた生ビールを飲みながら、浩二が憤慨した声を上げる。

「ああ、酷いだろ？　そこでお前に頼みたいんだけど……」

教授に病院を紹介してもらえないか頼んでほしいというと、浩二は少し困った表情になった。

「任せとけ……と言いたいところなんだけど、ちょっと自信ない。勿論、教授に話はするけど」

役に立てるかどうか、と浩二は申し訳なさそうにそう言うと、なぜそう言うか、理由を説明してくれた。

「基本的に大学病院の病棟は常にキャパオーバーで、余所《よそ》の病院で手術をした患者を受け入れる余裕が物理的にないんだ。まだこっちで手術をするってことなら、可能性も出てくるんだけど」

「……そうか……」

おそらく難しいだろうと予想はしていたが、まさに予想どおりだったか、と頷く僕の口から溜め息が漏れる。浩二はそんな僕を一瞬、なんともいえない顔で見つめ、彼もまた小さく溜め息をついたあとに、やにわに話し出した。

「ともかく、聞くだけ聞いてみるから、今入院している病院の名前と正式な病名、それからもしもわかれば担当医、ああ、勿論患者さんの名前と年齢も、教えてくれる？」

「……わかり次第、連絡する」

次々と発せられる彼の問いを取り出した手帳に書き留めながら、中に一つとして答えられる質問がないことに、我ながら情けなさを感じた。

浩二に頼むつもりであったのだから、事前に田中から具体的な話を聞いておくべきだった。コールバックを頼んでいるのに連絡がないところをみると、田中はまだホテルに戻っていないのだろう。連絡があり次第、これらの質問に答えてもらおう、と自分の書いた手帳のページを見て頷くと、視線を浩二へと移した。

「無理なお願いしてごめん」

「いや、別に無理じゃないから」

役に立てない可能性が大きいというだけで、と浩二が少し慌てた様子で、珍しくもフォローを入れてくる。さっきはあれだけ悪態をついていたのに、と思わず笑ってしまうと、浩二はむっとしたように「なんだよ」と問いかけてきた。

「いや、合コンはいいのか？」

悪態のお返し、と話題を戻すと、浩二はますますむっとした顔になり、半分くらい残っていたジョッキのビールを一気に呷る。

「いいって言ってるだろ。だいたい兄貴、超久々に会った弟に対して冷たいんじゃないの？」

「冷たい？」

おかわり、と浩二が店員に空のジョッキを掲げてみせながら、じろり、と僕を睨む。

「連休中、一度くらい実家に顔出すかと思ってたのに、まったく連絡なしでさ。親父もおふくろも会いたがってたぜ。特におふくろは、何かっていうと兄貴の話題出すんだ。それ聞く俺の身にもなってよ」

「……悪い……」

確かに実家には年が明けてから一度も戻っていない。電車で一時間半ほどの距離なので、帰ろうと思えばいつでも帰れるのだが、そうなると逆に足が遠のいてしまっていたのだ。

不肖の弟ではあるが、まさに正論である。実家にこのところ電話すら入れていない状態であるので、近々帰らねば、と溜め息をついた僕の耳に、浩二の声が響いた。

「連休中、どこか出かけたの？」

「いや、家にいたよ」

「家……」

ぼそ、と浩二が呟き、上目遣いに僕を見る。

「なに？」

「……桐生さんもずっと家に？」

「まあ、基本的には」

頷いたとき、僕の胸はちくりと痛みに疼いた。桐生との間に流れる微妙な空気を思い出してしまったためなのだが、当然ながらそんなことを知る由もない浩二は、あからさまに呆れた顔になると、やれやれ、というように肩を竦《すく》めてみせた。

「ラブラブなのはいいけどさ、たまには親に顔見せてやったら？」

「……そうだな……」

ラブラブ——本当にそうであればいいのだが、と思う僕の頭に、桐生の顔が浮かぶ。

『……お前がいつ言い出すかと思っていたが』

くす、と笑いながらも僕から目を逸らせた彼は、あのときどんな気持ちでいたのだろうか。

幻の桐生に向かい問いかけていた僕は、浩二に腕を掴まれ、はっと我に返った。

「どうしたの？　まさか怒ったとか？」

どこか心配そうな顔で問いかけてくる彼に、怒れるわけがない、と僕は首を横に振った。

「いや」

「それじゃまさか酔ったとか？」

「さすがにビール一杯じゃ酔えないよ」

なんでもない、と僕はまた首を横に振ってみせたが、少しも『なんでもない』気持ちじゃないことは、勘の鋭い浩二には見抜かれてしまったようだ。

「桐生さんと喧嘩でもしたの？」

ずばりと切り込まれ、うっと言葉に詰まったものの、実際喧嘩をしたわけではないので僕は「いや」とまた首を横に振り否定した。

喧嘩をしたのだったらまだよかった。お互い何を考えているか、口に出してぶつけ合っていただろうからだ。

今、桐生が何を考えているのかわからないように、桐生もまた僕が何を考えているのかわからないのだろう。だからこそ二人の間に、ぎこちない空気が流れているのだ。

やっぱり今日中に桐生ときちんと話そう。田中の一時帰国を黙っていた理由を、彼に自分の言葉で伝えよう。そして桐生が何を思い、何を考えていたのかを本人の口から聞こう。

せっかく結ぶことができた彼との絆を、言葉が足りなかった、なんてつまらない理由で失いたくはない。そうだ、そうしよう、と一人心を決めた僕は、

「さっきからぼんやりしてばっかりじゃない。ねえ、どうしたの？」

という浩二の問いになかなか気づかず、彼をまたも不機嫌にさせてしまったのだった。

2

合コンに行くだのなんだの言っていた割には、浩二はなかなか『帰る』と言い出さず、一軒目の居酒屋を出たあとに「カラオケに行きたい！」と主張し、僕を辟易《へきえき》させた。

「いいじゃん」

モデル合コン断ったんだからそのくらい付き合ってよ、とごねにごねられ、近くのカラオケボックスで浩二の終電の時間まで彼の歌を聴いた。

ボックス内でも僕は田中の電話を待っていたのだが、結局電話は来ず、今夜はこのまま桐生のマンションに泊まる、などとふざけたことを言い出した浩二をなんとか宥《なだ》めすかして駅まで送ると、疲労困憊《こんぱい》の状態でタクシー乗り場へと向かった。

連休明けで道は少し混雑していたが、それでも十五分ほどで築地《つきじ》のマンションには到着した。エレベーターに乗り込み、三十八階のボタンを押す。腕時計を見やると時刻は十二時半を回っていた。おそらく桐生は帰宅していないだろうな、と思ったところでエレベーターが指定階に到着し、扉が開いた。

飲め飲めと浩二に勧められ、いつも以上に摂取したアルコールが今頃酔いとなって回ってくる。足が少しふらついていることを自覚し、休み明けに何をやってるんだか、と溜め息をつきながら僕は差し込んだキーを回し扉を開いた。

「あ」

玄関内には当然帰宅していまいと思った桐生の靴がある。慌てて僕も靴を脱ぎ、明かりのともる廊下を走りリビングを目指した。

リビングに明かりはついておらず、ソファに鞄を投げるとその足で桐生の書斎へと向かう。ノックすると中から返事があったので、そっとドアを開いた。

「桐生」

「おかえり」

声をかけてはくれたが、桐生は僕を振り返らずパソコンに向かったままだった。相当忙しそうなオーラが彼の身体から立ち上っている。

話をしようと心を決めてきたはずなのに、今、話しかけるのは迷惑かも、と僕は躊躇し、彼のためにコーヒーでも淹れて来ようとドアを閉めかけた。と同時に、打っていた文章に区切りでもついたのか、桐生が手を止め僕を振り返った。

「酔ってるな」

僕の顔の赤さに気づいたのか、桐生が苦笑し、そう声をかけてくる。口調も表情もいつもどおりではあるのだが、やはりなんとなく二人の間に流れる空気は微妙な気がした。

「うん。浩二に飲まされた」

頷き答えた僕の声がやたらと不自然に響く。僕も『いつもどおり』にしなくては、と心がけた結果、逆に力が入ってしまったようだ。そのせいでまた二人の間の空気の微妙さは増し、ますます話が続かなくなる。いけない、こんな空気を打ち消すために、ちゃんと彼と話そうと決心したんじゃないか、と僕は思い直し、「そうか」と唇の端を上げて微笑み再びパソコンへと向き直ろうとした桐生に声をかけた。

「桐生、話があるんだ」

「………」

桐生の動きが、ぴた、と止まり、背中を向けかけた彼の視線だけが僕の顔へと注がれる。

「仕事の区切りがついたら、時間、貰えるかな」

仕事を家に持ち帰らない主義である桐生がパソコンに向かっているのは、それだけ彼が多忙であることを意味している。邪魔するのは悪いと思ったのだが、次の瞬間桐生は立ち上がってしまった。

「なんだ?」

「でも……」

仕事はいいのか、と目でパソコンを見ると、桐生はやや不機嫌な顔で「いいんだ」と頷いてみせた。

「俺もお前に渡したいものがあったからな」

「え？」

何を、と問いかけようとした僕の前で、桐生が近くに置いてあった自分の鞄から大判の封筒を取り出す。

「リビングで話そう」

ここには僕の座る椅子がないという配慮からだろう、桐生がドアのところにいた僕へと歩み寄り、行こう、と目でリビングのほうを示した。

「……うん……」

桐生が僕に渡したいものというのはなんなんだろう。気になり、ちらと彼の手の中の封筒を見たが、桐生の会社のロゴしか見えなかった。

「水でも飲むか？」

リビングに入ると桐生は僕にソファに座っていろと言い、キッチンへと向かおうとした。

「いや、いいよ。そんなに酔ってないし」

喉の渇きは感じなかったので断ると、桐生が意地の悪い笑みを浮かべ僕を揶揄《やゆ》してきた。

「酔ってないという割には顔が赤いぞ」

「本当に酔ってないんだってば」

言い返しながら僕は、ああ、いつもどおりの彼だ、と酷く安堵してしまっていた。だが、

ぎこちない空気が失せたのは一瞬で、すぐに桐生は浮かんだ笑みを引っ込めると、

「で？」

と、僕に問いかけてきた。

「え？」

「話があるんだろう？」

「……ああ……」

自分から言い出したくせに、ここでまた僕は躊躇してしまった。どう切り出すか、考えておくべきだったという後悔が僕を襲う。

まずは謝罪、そして田中とゴルフをすることを切り出せなかった理由を説明する。理由といってもこれといったものがあるわけではなく、なんとなく躊躇ってしまっただけなのだけれど、それをどう伝えたら——と、僕が言葉を探していたその時間が、桐生にとっては長すぎたらしい。

「それじゃ、先に俺に話をさせてくれ」

待ちくたびれた、と言いたげな溜め息をつきながら彼はそう言ったかと思うと、手にしていた封筒をばさりと僕の前に置いた。

「……これ……？」

開けていいのか、と目で問うた僕に、桐生もまた目で開けろ、と促す。

「あ」

封筒から取り出したパンフレットと書類を見た僕の口から驚きの声が漏れた。というのも、一番最初に目に飛び込んできたパンフレットが、T大附属病院の『入院のしおり』だったからだ。

もしやこれは、と視線を桐生へと向けると、桐生はそっけない口調で僕が予想したとおりの言葉を告げたのだった。

「田中が父親の転院先を探しているんだろう？　今日、話をつけてきた。いつ来てもらってもOKだそうだ」

「……え……？」

桐生があまりにもあっさりと言うものだから、戸惑いのほうが先に立ってしまい、胡乱《うろん》な声しか出なかった。

「ええ？」

次の瞬間、ようやく僕は彼が何を言ったのかを理解し、驚きの声を上げていた。

「そういうことだから、これを田中に渡してくれ。田之倉《たのくら》教授への書簡がパンフレットに挟まっている」

動揺する僕にかまわず、桐生は淡々とそう告げると、何か質問はあるか、というように僕を見た。

「どうして……」

確かに僕は先日、桐生に問われるままに、田中とのゴルフが流れた理由を簡単に説明していた。だがそのときには僕もまだ詳細を知らなかったから、田中が父親の転院を考えているというところまでは桐生に説明していなかったはずだ。

なのになぜ桐生はそれを知っているのか。知っているだけじゃなく紹介先まで探してきた彼に僕は思わずそう呟いてしまっていた。

「『どうして』？」

桐生が眉間に縦皺を刻み、問い返してくる。その一言じゃ、僕が何を疑問に思っているのか伝わらないか、と気づき、慌てて言葉を足した。

「田中がお父さんの転院先を探してること、どうして知ったのかと思って……」

僕は伝えてないはずだ、と言おうとした言葉にかぶせ、桐生がまたも淡々とした口調で答える。

「田中にメールで聞いた。転院先を探していると返事がきたのでツテを当たってみただけだ」

「ツテ？」

「ああ。教授は俺の親父の古い知己《ちき》なんだ。親父も十年ほど前、直腸癌の手術で世話になった」

「すごいな……」

先ほど浩二から転院の難しさを聞いたばかりだったので、僕は心底感心し、まじまじと桐生を見やった。と、桐生がそんな僕の視線を厭《いと》うようにすっと目を逸らせる。

彼を不快にさせてしまったらしいと気づき、僕も視線を逸らせ俯いた。二人の間になんともいえない居心地の悪い沈黙が暫《しば》し流れる。

こんな空気が嫌だから、桐生とちゃんと話をしようと決心したんじゃないか、とは思うのだが、どうにも話し出すきっかけが摑めない。このままじゃなんの解決にもならない。勇気を出すんだ、と僕は必死で自身を鼓舞し、なんとか会話を始めようと口を開いた。

「田中のこと、ありがとう」

僕としては話を始めるきっかけとして言っただけのつもりだった。今まで僕らは田中のことを話していたし、これから僕が話そうとしているのも田中に関連することだ。

礼を言ったあと、なぜ田中とのゴルフを言い出せなかったのか、それを説明しようと口を開きかけたとき、桐生の視線が僕を捕らえたかと思うと、あまりにも淡々とした口調で彼はこう告げたのだった。

「田中は俺にとっても元同期だ。お前が礼を言う必要はない」

「あ……」

そういうつもりじゃなかった、と言おうとしたときには桐生は立ち上がっていた。

「先に寝てろ」

ぼそりと言い捨て、リビングを出ていく彼の後ろ姿を僕は追うことも——声をかけることすらできず、その場に座り込んでしまっていた。

桐生の背がドアの向こうに消える。その途端僕の口から、深い溜め息が漏れた。

桐生の言うとおり、彼が田中にしたことに対し僕が礼を言う謂われは一つもないのだ。それを指摘されて初めて気づくなんて、と自分の馬鹿さ加減に文字通り僕は頭を抱えた。

田中に対し、桐生と僕のスタンスは『同じ』であるはずだ。今でこそ、桐生は違う会社に勤めてはいるが、桐生も僕も田中と同期、そしてかつては同じ寮だった、という点も僕と桐生は一致している。

入社したときから僕と田中は気が合い、休みの日には一緒に行動することも多くはあったが、より仲が良かったからとはいえ、家族や恋人じゃあるまいし、田中の代わりに僕が礼を言うのは不自然極まりないことだ。

家族や恋人——自分の思考から出た言葉だというのに、そのとき僕の胸はどきりと嫌な感じで脈打ち、知らぬ間にシャツの胸をぎゅっと摑んでしまっていた。

桐生もそう感じたのだろうか。だから彼はああして席を立ったのか？　そうだとしたら今すぐにでも彼の許に駆けつけ、誤解だと言うべきじゃないか。礼を言ったのは友人としてであって、深い意図などなかったのだと——。

「…………」

はあ、とまた大きな溜め息が僕の口から漏れた。言えば言うほど深みにはまっていくことがわかってしまったためだ。

田中がただの友人でしかないのなら、そもそも彼とゴルフに行くことを切り出せないわけがない。疚しいことなど誓ってないものの、僕の言動だけで見れば何かがあったと思われても仕方がないだろう。

実際は何もない。なら胸を張ってそれを主張すればいいのに、なぜかそうすることができない自分がいた。

疚しい行動は取っていないが、気持ち的に僕は桐生に対し、疚しさを感じているのかもしれない。

ふと浮かんだその考えにまた、僕の口からは何度目かわからない深い溜め息が漏れる。

そんなことを考えること自体が桐生への裏切りだ。疚しい行動がないのであれば、疚しい気持ちになる必要などない。堂々としていればいいのだ。

桐生もそれを望んでいたんじゃないのか——僕の脳裏に桐生の、淡々としていながらもどこか不機嫌に見えた端整な顔が蘇《よみがえ》る。

やはりすぐにでも彼の部屋に行き、謝るべきだろう。あれは会話のきっかけであって、田中に対して友情以上の感情を抱いているわけじゃないのだ、と説明する。

それが僕にとっても、そして桐生にとっても最も望ましい解決法だと思うのに、僕はどうしても席を立つことができなかった。

桐生に納得してもらえる自信がなかった。また先ほどのような失言をし、桐生を更に不快にさせてしまうかもしれない。そうなった場合、今以上彼に疎まれるに違いないと思えるだけに、それでも、という勇気が出なかったのだった。

今はその勇気が必要であると、勿論僕にもわかっていた。問題を先送りにすることが何もいい結果を生み出さないということもわかっていたというのに、結局僕はその夜、桐生の書斎のドアをノックすることなく、シャワーを浴びたあとには一人寝室へと向かってしまったのだった。

翌朝、せめて桐生と一緒に起きようと思い、彼に起こされる前に起き出しはしたが、相変わらず二人の間にはぎこちない空気が漂っていた。

今朝、コーヒーは僕が淹れた。

「雨が降るんじゃないか？」

いつもは半分――否、九割方眠っている僕が働く姿を見て、桐生はそうからかってはきたが、それも彼が普段の自分を演じているような印象を僕に与えた。

僕もまた、普段の自分を演じていた。

「酷いな」

からかわれたときに僕は、こういうリアクションを取る。だから普段どおりに、と演じようとするが、もともとそう器用じゃない僕の『演技』は酷くわざとらしいものになり、それがますます二人の間の空気を微妙にしていった。

桐生はいつものように午前七時前には家を出た。通常僕はそのあと八時まで二度寝をするのだが、それまで気を張り詰めていたせいで眠れそうにもなかったし、昨日は浩二と待ち合わせたために仕事を放り出して社を出てしまったし、というわけで、今日は早めに出社することにした。

八時前には会社に到着し、ほぼ無人のオフィスでメールチェックをしていた僕の耳に、ポン、とエレベーターが到着した音が響いた。

日中、この音はエレベーターホールから響いて来ない。が、早朝すぎて周囲に誰もおらず、物音もしないために、深夜にしか聞くことのないその音を聞いた僕は、こんな早い時間、誰か来たのかな、と顔を上げた。

「あ」

「なんだ、長瀬、来てたのか。早いな」

フロアの入り口から入ってきたのは田中だった。笑顔でそう僕に声をかけながら近づいてくる。

「田中こそ」

早いな、と僕も田中に近づいていくと、田中は途端に申し訳なさそうな顔になり頭を下げて寄越した。

「昨日は連絡できずにすまなかった。途中で携帯の電池が切れてさ。こっちに戻ってきたのが午前三時を回っていたもので、さすがに寝てるだろうと思って」

「三時？」

ほんの数時間前じゃないか、と驚き、改めて田中を見ると、元気そうにしてはいるが目の下に隈が浮いていることに気づく。どこへ行ってたんだ、と問おうとして、もしかして静岡の病院だろうか、と推察した僕の思考を読んだかのように、田中が笑顔のまま頷いた。

「ああ、親父の病院に行ってた。桐生のおかげで転院の目処《めど》がついたんで、その報告と、親父の様子を見に」

「あ……」

そうだったのか、と思ったと同時に、その桐生からの預かりものを渡さなければ、と僕は、

「ちょっと待っててくれ」

と田中に断り、席に戻ろうとした。そんな僕の背に田中が声をかける。

「お前のおかげだ。ありがとう」

「え？」

なぜ、と振り返ると、田中は逆に驚いたように僕に問うてきた。

「お前が桐生に頼んでくれたんだろう？」

「違うよ。桐生が自主的にやったんだ」

そもそも桐生に頼むという頭が僕にはなかった。昨日本人から聞くまで彼がT大附属病院にコネがあるなどと知らなかったし、と説明をしようとした僕の前で、田中が驚いたように目を見開いたあと、なんともいえない表情になる。

「そうか……」

「桐生から病院関係の書類を預かってきた。今、持ってくる」

立ち尽くす田中を残し、自席へと駆け戻ると、桐生から預かった大判の封筒を鞄から取り出す。その間に僕のところまで歩み寄っていた田中を振り返り、

「これ」

と封筒を差し出すと、田中は「ありがとう」と笑顔で礼を言った。

「移動はどうするんだ？」

「民間の救急車を頼もうと思っている。親父も今の状態だと移動には耐えられそうだし」

「そうか……よかったな」

昨日、田中の憤りや困りきった様子を目《ま》の当たりにしているだけに、心の底から僕は彼の父親の転院にほっとしていた。

「ああ。本当にありがとう」

その気持ちが伝わったのか、田中は笑顔で頷くと、しみじみとした口調で先ほどと同じ言葉を口にした。

「お前のおかげで助かった」

「僕はなんの役にも立てなかったよ」

僕がしたことは浩二に相談したくらいで、しかも色よい返事は貰えていない。ああ、そうだ、浩二にも、教授に聞いてもらう必要はなくなったと連絡しなければ、と思いながら首を横に振った僕の前で、田中がまたなんともいえない顔になった。

「いや、そうじゃなく……」

と、ちょうどそこに「おはよう」と野島《のじま》課長がやって来たものだから、僕らの会話は中断された。

「おはようございます」

「おはようございます」

「なんだ、二人とも早いな」

野島課長は明るく僕らの挨拶に応えると、心配そうな顔になり田中に声をかけた。

「田中、いろいろ大変だそうだな。大丈夫か？」

「ありがとうございます。ご心配をおかけし申し訳ありません」

さすが耳の早い野島課長らしく、自分の部下でもないのに彼は田中の父親のことを知っている様子だった。

「転院先、決まったのか？」

突っ込んだ問いをしてくる課長に、田中が答える。

「はい、T大附属病院で受け入れてくれることになりました」

「T大附属？　すごいじゃないか」

あそこなら間違いないだろう、と野島課長は我がことのように喜んだあと、感心した様子で言葉を足した。

「しかしよく移れたな。人気の病院だ。ベッド数も常に不足がちというイメージだったよ」

「はい……」

田中はここで、一瞬答えに詰まった。桐生の名を出すことを躊躇ったようだ。

「……運がよかったです」

結局彼はそう言うと「そりゃあ、よかったなあ」と背を叩く野島課長に笑みを返し、その場を立ち去っていった。

「…………」

自分の席につくとき、見るとはなしに彼を見ていた僕へと田中が何か言いたげな視線を向けてきた。そういえば会話が途中になったのだったが、何を話していたんだっけ、と思い出そうとした僕は、そうだ、まず浩二に連絡を入れておかねばとそのことのほうを思い出し、彼の携帯にメールを入れるべくフロアを出てリフレッシュコーナーへと向かった。

まだ朝の八時であるから、浩二が起きている可能性は低いと踏み、それで彼の携帯に『田中の件は解決したので、教授に聞いてもらわなくて大丈夫。いろいろありがとう』とメールを打った。昨夜は無事に帰れたか、くらいのお愛想は書いたほうがよかったかな、と思ったが、まあいいか、と携帯をポケットに入れ席に戻ろうとしたそのとき、いきなり携帯が着信に震えたものだから僕は驚いて再びそれを取り出し、ディスプレイを見た。

「なんだ、起きてたんだ」

かけてきたのは浩二だった。タイミング的にメールを見たんだろう。珍しいな、という思いが電話に出た途端、僕の口をついて出た。

『今日一限あるもん。起きてるよ。それより、なに？　田中さんだっけ？　お父さんの転院先、決まったの？』

起きている、と言っていたが、どうやら浩二は僕からのメールの着信音で目覚めたようで、起き抜けの声をしていた。悪かったな、と反省しつつも、一限があったのならちょうどよかったか、と思い直し、彼の質問に答える。

「ああ。決まったって」

『どこ？』

名前すらあやふやであるくらい浩二は田中のことを知らないのに、なぜかこの件には興味を覚えているらしい。隠すことでもないので、

「T大附属病院だって」

と答えると、電話の向こうで彼は驚いた声を上げた。

『よく転院できたね。凄いコネでもあったの？』

「ああ、まあ……」

返事が曖昧になったのは、確かに『凄いコネ』はあったが、それが田中に属するものではないからだった。その曖昧さに浩二は敏感に気づくと、更に突っ込んだ問いをしてきて、僕を辟易させた。

『どういうコネ？　まさか院長とか？　でも最初から本人にそんなコネあったら、兄貴に相談なんてしないよね。誰のコネだったの？　会社の人？　それとも他の友達？』

ここまでしつこく問うてくる浩二は、もしかしたらそのコネの持ち主について心当たりがあったのかもしれない。適当に答えてもよかったのだが、やはりこれも隠すことじゃないか、と僕は思い、おそらく浩二が予想しているであろう男の名を告げた。

「桐生だよ。父親とT大附属病院の田之倉教授という人が古い知り合いなんだそうだ」

『……やっぱりね』

浩二が一瞬息を呑んだあと、苦々しいとしかいいようのない声を出す。

『あの人には不可能ってもんがないの？　ほんと、むかつく』

「むかつく？」

男としてかなわないことに対してだろうか、と問い返した僕に浩二は『なんでもない』とぶっきらぼうに言ったあと、

『ともあれ、よかったじゃん』

と告げ、それじゃあ、と電話を切ろうとした。

「ほんと、いろいろありがとな」

『いろいろどころか、何もしてないから』

僕の言葉がまたも浩二の機嫌を損ねたようで、むっとしたようにそう言い、話をまたもとに戻す。

『医療関係だったら俺のほうが分があると思ったのにさ。ほんと、むかつくよ』

「だから何にむかついているんだよ」

わけがわからない、と、問い返した僕に浩二は、

『だから』

と更に不機嫌な声になり、言葉を続けた。

『俺が兄貴の役に立ちたかったたってだけ。それじゃね』

「おい」

呼びかけたときには、プツ、と電話は切られていた。

「……なんだ？」

わけがわからない、と首を傾《かし》げつつ、僕も電話を切るとポケットにしまい、すっかり時間をロスしてしまったことを悔やみながら席へと戻った。

仕事のメールをチェックしながら僕は、浩二との会話をなんとなく思い出していた。

『あの人には不可能ってもんがないの？』

浩二と桐生は傍から見ていても、とても友好的な関係を結んでいるようではない。表面上は浩二は桐生に笑顔で接しているし、桐生も普通に相手をしているが、二人の間には常にピリピリした空気が流れていた。

そのピリピリは単に浩二が桐生に対し、一方的に対抗心を燃やしているためである。桐生はいちいちつっかかってくる浩二を面倒に思っている程度で、桐生側からは浩二に対して、思うところはないように見える。

浩二が対抗心を燃やすのは、桐生が『完璧』であるためではないかと僕は読んでいた。浩二自身、僕とは違って、ルックスも頭も、それに運動神経もよく、どんな環境においても常に『トップ』の位置にいた。

兄である僕が情けなさすぎるということもあるが、桐生を目の前にして初めて浩二は『かなわない』という思いを抱いたのではないだろうか。それだけにやたらと桐生にはつっかかり、出し抜こうとしては失敗する。

相変わらず子供じみたところがあるが、気持ちはわからないでもない。僕から見ても桐生は『完璧』な男だし、と考えながらパソコンの画面を眺めていた僕の耳に、ポン、という音が響き、新着メールが来たことがわかった。

誰だ、と開いていた英文のメールを閉じ受信箱に戻る。と、送ってきたのは田中で、どうしたんだろう、と僕は急いでそのメールを開いた。

『間もなく会社を出てまた静岡に戻る。落ち着いたら連絡を入れるが、本当に助かった。感謝している。どうもありがとう』

読んですぐ田中を振り返ると、忙しく机を片付けているところだった。田中が感謝すべきは桐生で僕じゃない。そう返信しようと思ったが、今はそれどころじゃなさそうだ、と察し、ひとことだけ、

『連絡を待ってる。頑張れ』

と彼に返信した。

フロアを出るとき田中は僕へと視線を向け、にこ、と笑ってみせた。僕も彼に微笑み返すと、声に出さず『頑張れ』と口を動かし、それに田中も『ありがとう』と無声で応えてくれ

た。

そうだ、と僕は、今頃気づくか、と自身に呆れながらも、田中を心配していた同期の吉澤や尾崎に、転院先が決まったという連絡を入れた。

『本当か！』

『よかったな！』

二人からすぐ、喜びと安堵を伝える返信がきたところを見ると、田中からはなんの通知もなかったようだ。

それだけ切羽詰まっていたことだろうとわかるだけに、僕は彼の代わりに、落ち着いたら連絡が来ることになっているので、来たら三人で見舞いに行こう、と現状を説明すると同時に二人を見舞いに誘った。

『行く行く』

『勿論行くさ』

またもすぐ二人から返信がきたが、吉澤からの返信には次の一文が書かれていた。

『しかしよくT大附属に入れたな。誰のコネだ？』

桐生が頼んでくれたのだ、と、返信をしかけた僕の手が止まる。

桐生にとって田中が『元同期』であったように、吉澤や尾崎も彼の『元同期』であることにかわりはない。現に吉澤は桐生に田中一時帰国の知らせをメールしていた。

躊躇するほうがおかしいと頭ではわかっているのに、キーボードに置かれた手はやはり動かなかった。と、また、ポン、と尾崎から新着メールが届く。

『ところで田中はいつまでコッチに居られるんだ？　メキシコの事務所とは話がついてるのかな？』

話題が変わったことに、ほっとしている自分の心理が理解できない。自分で自分の心がわからないなんて、馬鹿じゃないか、と思いながらも僕は尾崎のメールに『大丈夫みたいだよ』と返信をし、吉澤の問いを流してしまったのだった。

3

翌日には田中から、携帯にメールが入った。プリペイドの携帯を入手したとのことで、メールアドレスと電話番号を知らせてきたのだ。

『無事に転院できた』

と書いてあったので、早速僕は見舞いに行こうと、同期の尾崎と吉澤を誘ったのだが、二人から立て続けに今日はNG、という返信がきた。

『悪い！　今夜接待だ』

『申し訳ない。俺も接待』

明日なら大丈夫、ということだったが、田中がせっかく連絡をくれたのだから、と僕は今日と明日、両方行くことにし、何か必要なものはないか、と田中に返信した。

田中からはすぐに『気遣い無用』という返信がきたが、それでも行く、と返信すると、

『申し訳ない』

と言いながらも、面会時間と病室を教えてくれた。

見舞いに行く経験なんて、桐生の盲腸のときくらいしかなかったため、見舞いの品に何を

持って行けばいいのか見当がつかず、人生経験が豊富そうな安城さんに聞いてみると、花は見栄えはするけど持ち込み禁止のところもあるし、花瓶もあるかどうかわからないから、無難なのは日持ちのするお菓子、しかも小分けにされているものがいい、というアドバイスを受けた。

そのアドバイスを生かし、百貨店の地下食料品売り場で賞味期限がひと月以上あり、小分けされた洋菓子を購入したあと、僕はタクシーに乗り込みT大附属病院を目指した。

病院に到着したのは、十九時半を回った頃だった。教えられた病室へと向かう途中、廊下に置かれた夕食のワゴンに気づき、食事の時間と重なっていたらマズいな、と思ったが、病院の夕食時間は早いらしく、ちらと見やったワゴンに置かれていた食器は使用済みのものばかりだった。

部屋番号を探しながら廊下を進む。と、そのときいきなり耳に、僕の名を呼ぶ、聞き覚えがあるのかないのか、微妙な男の声が響いた。

「おや、長瀬さんじゃないですか。お見舞いですか?」

「え?」

こんなところで田中以外の知り合いに会う可能性はゼロに近い。一体誰だ、と振り返った途端目に飛び込んできた男の姿に、僕は驚きの声を上げてしまった。

「滝来《たきらい》さん!」

「ご無沙汰しています。田中さんのお父様のお見舞いですか？」

にっこりと笑いかけてきたのは、桐生の腹心の部下、滝来だった。なぜ彼が、と疑問に思うと同時に、桐生の遣いか、と気づく。それを口に出してはいないというのに、滝来はにっこり微笑むと、

「はい、お察しのとおりボスの遣いで参りました」

と告げ、相変わらず凄いな、と僕を感心させた。

「今は医師の診察中のようですよ」

その上彼は、田中が応対できないだろうというアドバイスまでしてくれ、僕は彼に対し「すみません」と、礼にもならない言葉を告げることしかできずにいた。

「そうだ、その間に少しお話、よろしいですか？」

「え？　あ、はい」

滝来は桐生の部下ではあるが、聞くところによると彼もヘッドハンティング組とのことで、相当優秀であるという話だった。そんな彼にとって平凡極まりない僕を意のままに動かすことは容易《たやす》いらしく、気づいたときには僕はすっかり彼のペースに巻き込まれてしまっていた。

「はい、どうぞ」

最上階にある病院の食堂で僕と滝来は、彼が運んできてくれたコーヒーを前に向かい合った。

「すみません」

「どうかお気になさらず」

滝来はにっこり笑って僕にコーヒーを勧めたあと、自分も一口飲んだ。僕も彼に倣いコーヒーを啜《すす》る。

暫しの沈黙が流れたが、先ほどから僕はずっと滝来の言う『話』とは何かが気になっていた。

もしや桐生はこの病院を田中に紹介するのに、相当無理をしたんじゃないだろうか。僕や田中には父親のツテだと言っていたが、実はそれが嘘で、あれこれと手を回しかなりの負担となったのでは？　労力的な負担だけじゃなく、金銭的な負担も相当なものだったとか。それを滝来は僕に明かそうとしているのではないか——と、さまざまな考えが僕の頭の中を巡る。

推論ではなく事実を知るべきだ、と僕は意を決し、伏し目がちにコーヒーを啜る滝来に声をかけることにした。

「あの、滝来さん、お話ってなんでしょう。今回の転院のことですか？」

「え？」

滝来が意外そうな声を出し、目線を上げて僕を見る。あれ、違ったか、と僕が考えたのと、滝来がカップをソーサーに戻し、にこやかに微笑みながら話しかけてきたのが同時だった。

「お話があると呼び出しておきながら黙っているなど、大変失礼な真似をし申し訳ありませんでした。実は少々逡巡《しゅんじゅん》しておりまして……」

「……はい？」

何を逡巡しているのか、と問う僕に向かい、滝来が少し困ったような顔で答える。

「おそらくあなたにこの話をしたとわかれば、ボスに酷く叱責されるであろうと、それが怖くなりましてね。やはりやめておいたほうがいいのかと……」

「………」

『怖い』というのがジョークであるのは、喋り終えた滝来が、にこ、と笑ったことでわかった。

なんともいえない嫌な予感が僕の胸に溢れる。滝来の切り出し方は、いかにも僕が聞かずにはおられないようなものだった。彼はおそらく僕が『なんですか』というのを待っている。彼としては躊躇したが、僕が聞きたがったから話した、という形を取りたいのだろうと推察できるが、そういった場合の『話』にいいものがあった試しがない、ということは、僕程度の頭の持ち主でも簡単にわかった。

それがわかっているのなら、聞かずにすませばいいものを、ことが桐生に関するだけに聞かずにはいられない――そこまで見越しているに違いない滝来は、僕が口を開くのを、端整なその顔に微笑みを浮かべじっと待っていた。

「……あの、桐生が何か……」

もともと彼にはかなうわけがないのだ、と心の中で溜め息をつき、僕は彼の希望どおりの問いを発した。ここで、にやり、とでもしてくれたらまだ人間味があるものを、滝来は、更に困った顔で俯き、暫し口を閉ざした。

思わせぶりな態度に、ますます僕の胸の中で嫌な予感が広がっていく。

「そのご様子では、ボスはおそらくあなたに何も仰っていないのではないかと思うのですが……」

と、ここで滝来がようやく口を開いた。が、そこまでで言葉を切り、ちら、と僕を窺《うかが》い見る素振りをする。

「何をです?」

聞かなければいいのに、やはり僕は聞かずにはいられなかった。だが滝来が僕の問いに答える形で告げた言葉を聞いた瞬間、やはり聞くべきではなかった、と後悔に襲われることになった。

「ボスに……桐生さんにアメリカ本社への栄転の話がきているのです」

「え……」

『アメリカ』『栄転』という単語のインパクトに絶句する僕に対し、滝来は今までとは打って変わった饒舌さで、それがいかに素晴らしい話であるかを滔々《とうとう》と語り始めた。

「アジア地区から本国に召還される人間はそういません。日本からは初めてではないかと思います。今のＣＥＯはボスの実力に早くから目をつけ、何かと本国に呼んでましたので、直にそういうことになるだろうとは予測していましたが、こうも早いタイミングだとは思いませんでした。ＣＥＯはご自分の右腕にしたいとのことで、ヴァイスプレジデントへの就任も決まっているそうです。あの若さで本当に素晴らしい話だと、私も我がことのように嬉しく思っています」

「…………」

滝来が目を輝かせて僕に聞かせる話はスケールが大きすぎて、とても僕と同年代の人間に関するものとは思えなかった。

それだけ桐生が突出しているということなのだろうが、なんだかドラマの中の出来事のようでリアリティが感じられない。そんな馬鹿げたことを考えてしまっていたのは多分、僕が相当動揺していたためではないかと思われる。

返事をすることも忘れ、ぼうっとしていた僕の前で、それまで生き生きと喋っていた滝来の眉間に縦皺が寄り、声音も心持ち低くなった。

「……ただ、なぜかボスはＣＥＯにまだ返事をしていないようで……話があったのは今から一週間以上前なのに、なぜ返事をしないのかとそれが気になっているのです」

「……はあ……」

気になると僕に言われても、そんな話がきていることすら知らなかったゆえ相槌《あいづち》の打ちようがなく、我ながら間の抜けた返事をした僕に対し、滝来は心底心配している、そしてやきもきしている様子で話を続けた。

「CEOは即断即決を好まれる方です。いつまでも返事を保留されていると気が変わりかねません。私はてっきり長瀬さん、あなたがボスから栄転の話を聞いていると思ったもので、なぜ返事を保留されているのか、何かボスから聞いていないかを伺いたいと思いお声をおかけしたのですが……どうも私の読み違いだったようですね」

大変失礼しました、と滝来が僕に深く頭を下げる。

「……こちらこそ、お役に立てずにすみません……」

僕もまた頭を下げ返したが、胸には苦々しい思いが溢れていた。

「すっかり話し込んでしまいました。そろそろ医師の診察も終わっていることでしょう」

そう言い、滝来が立ち上がる。せっかく彼が購入してくれたものだから、と、普段の僕なら冷めてしまったコーヒーを一気に飲み干しただろうに、今はその気力もなく、テーブルの上のトレイに自分のカップを置いた。滝来もまた飲み残したままのカップをそれに置き、トレイを持ち上げようとする。

「これは僕が」

「いいですよ」

片付けは自分がしよう、というくらいの気遣いはさすがにできたが、それを滝来は笑顔で退けると、返却場所へと向かっていった。僕もそのあとを追い、そのまま足を止めずにエレベーターホールへと向かう彼に続いた。

「先ほどの話、くれぐれもボスには内緒にしてください」

すぐに来た箱に乗り込むと、滝来は僕のために、田中の父親の病室のある階のボタンを押してくれたあと、自分のために一階のボタンを押し、そう頼んできた。

「……はい……」

頷きながら僕は、言えるわけがない、と心の中で呟いた。苦々しい思いは今や胸一杯に広がり、気を抜いていると表情までもが酷いものになってしまいそうにすらなっていた。

さすがに社会人として、そう親しくはない人間相手に、失礼な振る舞いはできない。その気持ちだけで僕は、エレベーターを降りる際にも滝来に対し「ありがとうございました」と笑顔を向けたのだが、扉が閉まったときには、はあ、と大きな溜め息をついてしまっていた。

少し考えをまとめよう、と、田中の病室へと向かう前に、患者たちが集うテレビのあるちょっとした広場で足を止める。ソファは既に見舞客と患者で満杯であったので、僕はその場に立ち、テレビから流れる興味の欠片も持てないワイドショーのニュースを眺めながら、今聞いたばかりの滝来の話を思い出していた。

桐生に栄転の話がきている。アメリカ本社で副社長に就任するという。その話がきたのは一週間以上前だというが、桐生からは一言も、その件について告げられたことはない。

一週間以上前なら、まだ僕らの関係は今のようにぎこちないものではなかった。ごく普通に会話をし、ごく普通に日常を過ごしていたというのに、栄転の「え」の字も桐生の口から発せられることはなかった。

アメリカへの転勤なんて、一大事だと思う。それを教えてくれなかったのはなぜなのか。その上桐生は返事を保留しているらしい。なぜ保留しているのか。もしや米国行きを迷っているからじゃないのか。

迷っているならなぜ、それを打ち明けてくれないのか――。

桐生にとって僕は、大切なことを打ち明けるような相手ではない、そういうことなんだろうか、と思う僕の口から、深い溜め息が漏れた。

確かに、相談されたところで僕には、アメリカに行くべきか行くべきじゃないかの判断はできない。桐生の仕事の内容も殆ど知らない上に、アメリカ行きが桐生にとってどれだけのものをもたらすかなど、それこそ滝来にでも聞かない限りわからない。

桐生は合理的な男だ。僕に聞いたとしても、なんのアドバイスも得られないだろうとわかっているから、打ち明けてくれなかったのだろうか。

それはそれで納得できる理由ではあるが、それでも打ち明けてほしかったのに、とまたも大きな溜め息を漏らしていた僕は、不意に肩を叩かれはっと我に返った。

「長瀬、どうした」

「あ……」

振り返った先には田中がいた。シャツにジーンズという普段着で、手に花瓶を持っている。豪華な花が生けられていたが、多分これは滝来が持ってきたものだろう。

突然の登場に、思考が上手く切り替わらず言葉を失っていた僕に、田中は少し困ったような顔をし話しかけてきた。

「見舞いなんて来なくていいって言っただろ？　忙しい中、悪かったな」

「いや、忙しくないし……」

今は田中こそが大変な時期だろうに僕に対して気遣いを見せる彼を目の当たりにし、ようやく自分を取り戻し、慌てて首を横に振った。

「尾崎と吉澤は明日来るよ。今日は二人とも接待なんだって」

「あいつらも？　本当にいいのに……」

申し訳ないよ、と本当に申し訳なさそうに言いながら、田中が手の中の花瓶をちらと見る。

尾崎、吉澤、そして僕という同期の見舞いの話題に、この花もかつての『同期』、桐生からだと連想したのかな、という僕の読みは当たった。

「実はこれ、桐生からなんだ。さっき彼の部下って人がわざわざ持ってきてくれた」

花瓶まで持ってきたのには驚いた、と田中が笑ってクリスタルの花瓶を僕に示してみせる。

「その上バカラだぜ」

「……凄いな」

花もどう見ても一万円以上、下手すると二万円くらいしそうな豪華な花束だったが、花瓶はそれ以上に高価だ、と思わず目を見開いた僕に田中は、

「まあ、親父やお袋にはその『凄さ』はわかってないがな」

と悪戯っぽく笑い、片目を瞑《つむ》った。

「だから花のほうに感動してた。ま、この花瓶が軽く六桁いく値段だなんて知ったら、怖くて触れなくなるだろうから、知らないほうがいいのかも」

「確かに……」

そのとおり、と頷いた僕の顔を、田中がまじまじと見つめてきた。

「なに？」

「いや……なんかあったのか？」

田中が眉を寄せ、心配そうに問いかけてくる。

「いや、別に」

鋭い、と僕は内心驚きながらも、明るい表情を作り、首を横に振ってみせた。

「ならいいんだが……」

田中も微笑み返してはくれたが、その目には相変わらず心配げな色が浮かんでいる。田中

が鋭いというより、僕がいかにも落ち込んでいる表情をしてるんじゃないか、と気づくと同時に酷い自己嫌悪に陥った。

無事転院できたとはいえ、父親が大変な時期であることに間違いないであろう彼に心配させるなんて、我ながら信じられない。

人としてどうなんだよ、と僕は自身を叱咤《しった》し、心配してもらうようなことは何もない、というアピールをし始めた。

「それより、お父さんの具合は？　さっきまで診察だったと聞いたけど……」

「ああ、移動時間が長かったので心配だったが、特に異常はないそうでほっとした」

田中が答えたところで、ちょうど一つのソファを陣取っていた一行が立ち上がった。

「座ろうか」

「え？」

田中が僕にそう声をかけ、答えを待たずしてそのソファに座る。

「戻らなくていいのか？」

いいわけないよな、と思いつつも、田中が座ったものを僕だけ行くわけにはいかないと、彼の横に腰掛け顔を見やった。

「なあ」

逆に田中が僕の目を覗き込むようにして、問いかけてくる。

「あの滝来さんとかいう人に、何か言われたのか？」

「なに？」

「ええ？」

今度は『鋭い』なんて呑気な感想を抱いていられないくらいの田中の勘の良さに僕は驚き、つい大きな声を上げてしまった。周囲の人がちらと僕らを見たが、すぐにそれぞれの会話やらテレビやらに意識を戻す。言葉を失っていた僕に田中が「やっぱりそうなのか」と呟いたあと心持ち声を潜め言葉を続けた。

「大丈夫か？　何があった？」

「何もないよ」

「何もないって顔じゃないな」

驚きから立ち直り、首を横に振った僕に、田中が更に突っ込んでくる。

「ないって。それよりどうして滝来さんの名前を出したんだ？」

話を逸らそうとしたのが半分、心底疑問に感じたのが半分の問いを返した僕に、田中が「ああ」と微笑んだ。

「親父が診察だったって、どうして知ったのかと思ってさ。ちょうどそのときあの人が病室に来ていたものだから、彼から聞いたのかとカマをかけただけだ」

「カマだったのか」

酷いな、と田中を睨むと、

「すまん」

田中は素直に頭を下げ、それはそれで僕を恐縮させた。

「いや、本気で怒ったわけじゃないから」

「それより、何か心配事があるなら相談に乗るぜ？　お前には感謝してもしきれないんだから、そのくらいのことはさせてくれ」

慌ててフォローに走った僕に、田中が真剣な眼差しで訴えてくる。

「だから感謝してもらうようなことは……」

田中の言う『感謝』は、転院先の世話をしたことを指してるんだろうが、これは僕ではなく桐生がしたことだ。

それを主張しようとした僕の言葉を、田中が笑顔で遮《さえぎ》る。

「実際病院を紹介してくれたのは桐生だということは勿論わかってる。でもその桐生が動いてくれたのはお前のおかげだと、俺はそう言いたいんだ」

「だから違うんだ」

やはり田中は誤解している、と僕は彼の勘違いを正すべく言葉を続けた。

「今回の件は、申し訳ないけれど僕が桐生に頼んだわけじゃないんだ。桐生が田中のためにやったことで、僕はただ桐生に頼まれて書類を渡しただけで……」

「桐生は俺のためには動かないよ」

「そんなことないよ。本人が言ってたんだ。僕にとって田中が同期であるのと同様、自分にとっても田中は元同期だって」

「桐生が？　桐生がそう言ったのか？」

いつしか二人は言い合いのような状態になってしまっていたのだが、それを中断したのは田中の心底驚いた声だった。

「ああ」

田中の驚きは、自分のために桐生が動いてくれたことに対してだろう——そう思い、頷いた僕の予想と反する言葉が田中の口から漏れる。

「……桐生も相当、無理してるな……」

「……え？」

まったく意味がわからず問い返すと、田中は苦笑し、更に意味のわからない言葉を口にした。

「そこまで意地っ張りだとは思わなかった」

「意地っ張りって？　誰が？　僕が？」

まさか桐生じゃないだろう、と思ったのに、田中の答えは、

「桐生に決まってるじゃないか」

というものだった。

「意地なんて張ってないと思うけど……」

桐生のキャラクターからして『意地っ張り』ではないと思う、と首を傾げた僕に田中は、

「ああ、意地っ張りというのとはちょっと違うかな」

と少し考える素振りをしたあと、「ああ、そうだ」と、何か思いついた顔になり、再び口を開いた。

「照れ屋、これかな」

「それも違うような……」

やはり桐生のキャラクターには合わない、とまたも首を傾げた僕に、

「照れ屋だよ」

と田中は笑い、その意味を説明してくれた。

「桐生が俺のために動くわけがない。俺がお前の友達だから病院を世話してくれた、これは間違いないと思う」

「だからそれは……」

違うんだ、と言いかけた僕の言葉を、

「いいから聞けって」

と田中が遮り、言葉を続ける。

「お前のためにやった、と言えば、お前が恐縮することがわかっていた。だから敢えて桐生は、お前のためじゃない、俺が元同期だから、なんて理由をつけたんだろう」

「それは……」

ないと思う、と僕は首を横に振る。

「賭けてもいい。俺の読みは間違いないと思うぜ」

田中はそう言うと、俯いた僕の視線を追いかけるようにして顔を覗き込んできた。

「お前の悩みは桐生に関することなのか？」

「………いや……」

実際田中の言うとおりではあったが、さすがに頷くことはできなかった。田中はそんな僕の心情を見越しているようで、

「まあ、俺に言わなくてもいいけどさ」

と笑うと立ち上がり、僕を見下ろしてきた。

「何を悩んでるのかは知らないが、それが桐生に関することであるなら、お前が不安に思うことは何一つないと俺が断言してやるよ」

「………」

田中は僕が口に出さなくても心の中が読めるのか、そう言うとパチ、と片目を瞑り、少々ふざけた口調で言葉を続けた。

「桐生はお前にぞっこんだ。不安に思う必要はまるでない」

ぞっこん、って死語かな、と照れたように笑う田中を前に、僕は答えるべき言葉を失っていた。

田中こそが僕に対し、気を遣っているのではないか。僕を安心させようとして、桐生が照れ屋だとか、僕にぞっこんだとか言ってくれてるのではないか。そう思えて仕方がないが、彼をそんな行動に走らせたのは、そもそも僕が見るからに元気をなくしていたせいだろう。

「……ごめん……」

気を遣わせてしまって、と頭を下げた僕の肩を、田中が花瓶を持っていないほうの手でぽんと叩く。

「謝るようなこと、してないだろ」

だから謝るな、と田中は笑うと「行こう」と僕を病室へと促した。

「お前はあれこれ気を回しすぎるんだよ」

廊下を歩きながら田中が、さもなんでもないことを告げるかのような口調でそんなことを言ってくる。

「悩むより前に、直接ぶつかってみればいい。自分がどれだけ取り越し苦労をしていたかわかるだろう」

「…………」

田中の発言には、素直に頷けない部分もあったが、『直接ぶつかってみればいい』という彼の言葉はダイレクトに僕の胸に響いてきた。

そうだ、あれこれ悩んでいても仕方がないのだ。桐生にとって僕がどのような存在であるかは、既に桐生の中では答えが出てしまっている。

それを今更あれこれ悩むのはまるで無駄なことだ。悩んだところで、もしも桐生が僕を、彼にとって人生の転機ともいうべき事象を話す価値のない存在だと思っているのだとしたら、それを変えてくれ、という権利は僕にはない。

答えが出ているものを、あれこれ思い悩むのは無意味だ。直接本人に確かめる、それ意外に現実を把握する方法はない。

帰宅したら、直接桐生に聞こう。アメリカ栄転を僕に隠していたその理由を。そして納得しよう。桐生にとって僕の存在がどのようなものであるかという現実を。

その決心をつける言葉を告げてくれた田中を、僕は改めてまじまじと見やる。

「なんだよ」

少し照れたように田中が笑い、僕を見下ろす。

父親が大変なときだというのに、その父の見舞いに来た僕のことをこうも気遣ってくれる彼に対する、感謝と謝罪の念が心の中で渦巻いていたが、それを示せば更に彼は気を遣うだろうとわかるだけに僕は、

「なんでもない」

と首を横に振り、せめてもの償いと礼に、愚痴でもなんでも零《こぼ》してくれという思いを胸に改めて田中を見やると、

「搬送、大変だっただろう？」

と、転院についての話題へと敢えて二人の会話を持っていったのだった。

4

その日僕は、桐生の帰宅を、リビングのソファで待っていた。

普段から桐生は、自分の帰宅は遅いのがデフォルトだから、起きて待っている必要はない、寝ていろ、と言ってくれていた。僕も帰宅が遅いのがデフォだが、桐生の『遅い』は僕の上をいくことが多いため、お言葉に甘えてベッドで彼を待つというパターンが多い。

それでも、入浴後に惰性でテレビを見ていたり、本を読んでいるうちに夜中になってしまったり、と、なんとなく起きていてリビングで桐生を迎えることもよくあった。だが、こうして何をするでもなく、ただじっと座って彼を待つことは今までそうなかったように思う。

時計の針は午前二時を回ったところだった。こんなに遅い時間まで働いているのは米国との時差の関係もあると以前聞いたことがあったが、今日滝来から聞いた話ではその米国本社への栄転の話がきているという。

素晴らしいことだ、と滝来は絶賛していた。社内の情勢をほとんど知らない僕から見ても、支社と本社、どちらが出世コースかと言われれば、本社だろう、と推察できる。一般論としてそうだ。

桐生のためを思えば喜ばしいことなのだろうが、そうなると当然ながら彼の生活の場はアメリカとなる。二人は離れ離れとなるわけだ、と溜め息を漏らす僕の頭に、なぜ、という言葉が浮かんだ。

桐生のアメリカ行きは確かにショックだ。でもそれ以上にショックなのは、彼が転勤の話をまったくしてくれないことにあった。

内示は一週間以上前に出ているというのに、なぜ桐生は僕に打ち明けてくれないのか。僕らは心が通じ合っているのではなかったのか——彼を責める言葉ばかりが頭に浮かんでくる。隠し事をしてほしくなかった。社内であっても人事は公表されるまで喋るなとは言われている。それと同じ感覚で桐生は明かさなかっただけかもしれないが、一緒に住んでいる仲だというのに、それではあまりに寂しい。

他人行儀じゃないか、と溜め息を漏らした僕の頭に、自分はどうなのだ、という己の声が響いた。

自分だって田中の帰国を桐生に隠していたじゃないか。あれは『隠し事』ではないのか？しかも桐生はその『隠し事』に気づいていた。いつまでも明かしてこないことに、彼もまたショックを覚えたのではないか——？

「…………」

やはりまず、桐生にこのことを謝ろう。隠し事をして悪かったと。そして彼に頼もう。隠し事をしないでほしいと。

これからはどんなことでも包み隠さずに打ち明ける。だから桐生もどんなことでも打ち明けてほしいと――。

「…………」

そんな価値が自分にあると思っているのか、という別の自分の声が頭の中で響き、あっという間に僕の決心を打ち崩した。

桐生にとっての僕の存在意義が、僕にとっての桐生のそれと同じであるという保証はどこにもない。桐生にとっての僕は、大切なことを打ち明ける相手ではないのかもしれない。

今、僕らは一緒にいるけれど、彼の未来には僕などいないのかもしれない。だからこそ桐生は僕に、アメリカへの転勤を明かさなかったのかもしれない。

『来月からアメリカに行く』

その一言で彼は、僕のもとから去っていくつもりなのかもしれない――そんなのは嫌だ、といつしか激しく首を横に振っていた僕の耳に、玄関のドアが開く音が響く。

桐生が帰ってきたのだ、とわかったと同時に僕は立ち上がり、玄関へと走っていた。

「……なんだ、起きていたのか」

靴を脱いでいた桐生が、物凄い勢いで駆けてきた僕を見て、珍しくも少し驚いた顔になる。

「寝ていろと言っているだろう」

無愛想に言い捨て、僕の横をすり抜けるようにしてリビングへと向かう彼の顔には、これもまた珍しいことに疲労の色があった。それだけ仕事がハードだったのだろう。すぐに睡眠をとってもらったほうがいいんじゃないか、と僕の気持ちは一瞬挫けかけたが、今を逃すともう言い出せない気がして、遠ざかっていく彼の背中に頭に浮かんだままの言葉を投げかけてしまった。

「桐生、アメリカに転勤するのか？」

「なに？」

桐生の足が止まり、肩越しに僕を振り返る。眉間にくっきりと刻まれた縦皺が彼の不機嫌さをこれでもかというほど物語っていた。

普段の僕ならここで臆してしまい、言葉を呑み込んでいたに違いない。だが、今の今まで一人ぐるぐると自分を追い詰めるようなことばかり考えていた僕に、普段の分別はなかった。

「アメリカに行くなら行くで、どうして教えてくれなかったんだ？　内示は一週間以上前に出てるそうじゃないか。教えてくれなかったのは僕に教える価値がないからか？　だから桐生は……っ」

「待て。その情報源は誰だ？」

自分でも感情的になりすぎてわけのわからないことを叫んでいた間に、桐生はやれやれ、と言いたげな溜め息をつくと身体を返し、僕へと真っ直ぐに歩み寄りながら問いかけてきた。

「誰？」

「ああ、誰からその話を聞いた？」

桐生がさも面倒くさそうな口調で問いかけてくるのを、僕はてっきり話を逸らそうとしているのだと思い込んでしまった。

「誤魔化すなよ。どうして教えてくれなかったんだ」

「誰も誤魔化しちゃいない。まあ、誰がお前にそんなことを吹き込んだのかは、聞かずともわかるが」

まったく、と桐生が呟き、尚も叫ぼうとする僕の両肩をぐっと摑んでくる。

「痛っ」

強い力に思わず悲鳴を上げたせいで、彼を責める言葉が喉の奥に呑み込まれていった、その隙を狙うかのように桐生が呆れた声をかけてきた。

「どうせ滝来だろう？　今日、病院ででも会ったのか？」

「……っ」

図星を指され、更に言葉を失いはしたが、確かに桐生の言うとおり僕に桐生のアメリカ転勤を教えるのは滝来しかいないか、ということに気づく。

「……ああ」

それゆえ肯定した僕の肩を桐生は一段と強い力で握ったあと、勢いよくその手を離した。

「……っ」

弾みで後ろによろけた僕の右腕を、伸びてきた桐生の腕が掴み、彼の胸に引き寄せられる。

「離せ……っ」

反射的に僕は彼の手を振り払おうとしたが一瞬早く桐生は僕の背をしっかりと抱きしめ、抵抗を封じてしまった。

「離せよ」

話をしたいんだ、と主張する僕の耳に唇を押し当てるようにして、桐生が囁いてくる。

「アメリカ転勤の話をしなかったのは、既に断ったからだ。転勤しないものを、言う必要はないだろう？」

「……え？」

一瞬理解が遅れ、問い返したと同時に、彼が何を言ったのかを僕は悟った。

「ええ？　断った？」

驚きが僕の身体を動かし、強引に桐生の腕から逃れると、彼の胸に両手をついて顔を見上げる。

「ああ、もう先週の話だ」

「どうして……？」

思わず問い返してしまったのは、僕の頭に昼間滝来から聞いた話が蘇っていたからだった。

アメリカ本社への転勤がいかに名誉なことであるか。日本人では初という本社の副社長というポジションが、いかに素晴らしいものであるか——その話を断ったというのか、と唖然としているのは僕ばかりで、桐生は実に淡々とした口調で、

「まだこっちでやりたいことがあるからだ」

と答えると、再び僕の両肩をぽんと叩き、踵《きびす》を返した。

「桐生……っ」

そのままリビングへと向かう彼のあとを追い、前へと回り込む。

「なんだ」

「もしかして……」

桐生が足を止め、僕を見下ろす。今、彼の眉間には縦皺は刻まれてはおらず、芽生えた疑念をいかに表現しようかと言葉を探している僕をじっと見つめていた。

もしかして彼が本社への栄転を断ったのは、僕のためなんじゃないか——僕が彼に確かめたいのはそのことだった。

まさか、とは思ったが、もしも僕が桐生の立場であったとしたら、やはり断るのではないかと思えてしまったのだ。

だが、それをストレートに聞くことはさすがにできなかった。それほどの存在かと笑われるのが怖かったというのもあるが、おおかたの理由は、自分で考えておきながら、自分が一

番『まさか』と思っていたためだった。

だがもし、僕のためだとしたら——？　考えるのもおこがましいが、もしも僕のために桐生が本社への転勤を断ったのだとしたら、彼に訪れるべき輝かしい未来を僕が妨害したことになる。

そんなことがあっていいわけがない。万一『僕のため』だというのなら、今からでも話を受けたほうがいい、と言おうとした僕の前で、桐生が——笑った。

「『もしかして』なんだ？　俺がお前のためにアメリカ勤務を断ったとでも思ったか？」

「え？」

咄嗟《とっさ》のことで何も答えられずにいた僕に、桐生が呆れた視線を向けてくる。

「やはりそうか」

まったく、と溜め息混じりに呟くと彼は、ぽん、と肩を叩いた直後に僕を押しのけ、横を擦り抜けてリビングへと向かっていった。

「桐生」

はっとし、あとを追った僕を肩越しに振り返り、桐生がにや、と笑ってみせる。

「自惚《うぬぼ》れるな。お前のためじゃない」

「……あ……」

意地の悪いとしかいいようのない笑みと共に発せられた言葉に、僕の足が止まる。

「滝来も同じ勘違いをしていたようだから、今日、正してやったばかりだ。俺がCEOの召還を断ったのは、自分の——仕事のためだ。まだ俺は日本でやり残したことがあるからな」

「やり残したこと？」

まるで阿呆のように彼の言葉を繰り返してしまっていたのは、桐生の発言に思考がまったくついていかないためだった。それがわかるのだろう、桐生はあからさまに、やれやれ、といった顔になると、

「俺の中で立てた目標に達していないということだ」

そう言い、またも意味がわからずぽかんとしてしまった僕に対し、まるで学生にでも言い聞かせるような口調で説明を始めた。

「俺の目標は、今はアジア支部の一拠点でしかない日本支社を、日本支部にまで拡大し、ゆくゆくは現地法人化することだ。それを実現させるまでは本社に行くつもりはない。CEOにもその旨納得してもらっている」

「……そう……なんだ……」

いかにも桐生らしい『目標』であり、彼らしい選択である。呆然としてしまいながら僕はそう納得し——次の瞬間、頭にかあっと血が上っていった。

栄転を断ったのは、僕のためなんかじゃなかった。そりゃそうだろう、僕にそんな価値があるわけないのだから。なのになぜ、一瞬でもそんな勘違いをしてしまったんだろう。

今や僕の顔は真っ赤になっていた。恥ずかしさのあまり俯いてしまった僕に桐生がゆっくりと歩み寄る気配がしたが、とても顔を上げることなどできない。

「どうした」

くす、と笑いながら桐生が僕の両肩に手を置き、顔を覗き込んでくる。

「……面目ない……」

「お前はオヤジか」

それしか言えない、と漏らした僕のコメントに、桐生がぷっと吹き出す。笑われても仕方がない、と尚も俯いた僕の、羞恥に赤く染まる耳へと桐生は唇を寄せると、一言、こう囁いた。

「だが報告くらいはすべきだったな……悪かった」

「……え……」

思いもかけない言葉に顔を上げた僕の目に、この上なく真面目な表情を浮かべていた桐生の顔が映る。

「お前に言われて気づいた。これからは他人の口から耳に入るより前に、俺の口からなんでも説明する。それでいいか？」

「……僕も……っ」

小首を傾げるようにして尋ねてきた桐生を見つめる僕の胸に、自分にも説明できない熱い思いが込み上げてきて、気づいたときには僕は彼の胸に縋り付いてしまっていた。

「おい？」

「僕も……僕もなんでも言うから……っ……これからはもう、隠し事なんかしないから……だから……っ」

思いが上手く言葉に乗らない。もどかしさが募り激しく首を横に振っていた僕は不意に桐生に力強く抱き締められ、その腕の感触に、ああ、と思わず息を漏らした。

「そうだな……俺もそうしよう」

囁く桐生の声が、合わせた胸の間を振動となって伝わり響いてくる。なぜか涙が込み上げてきてしまい、僕は彼の背にぎゅっとしがみついた。

「離してくれ」

桐生が苦笑する声が響いたと同時に彼の手がその背へと回り、僕に腕を解かせる。

「桐生……」

どうして、と顔を上げたと同時に僕はその場で彼に抱き上げられていた。

「わ」

「しがみつかれたままじゃ、キスもできない」

にや、と笑う桐生の顔が、すぐ近くにある。思わぬ高さに再び彼の首へとしがみついた僕の身体を桐生は抱き直すと、そのまま大股でリビングを突っ切り、寝室へと向かっていった。

どさ、とベッドの上に身体《からだ》を落とされたと同時に、のしかかってきた彼に唇を塞がれる。桐生《きりゅう》の指先が僕の目尻を伝う涙を掬《すく》い、ふとキスを中断した彼がその指を己の唇に運ぶ。

「……お前は本当によく泣く」

苦笑し、僕の涙を舐めてみせた彼を前に羞恥が募り、両手でしがみつくと僕のほうから唇を塞いでいった。

「焦るな」

桐生はまた苦笑してみせたが、僕の希望どおりにキスを再開してくれた。痛いくらいに舌を絡め合いながら、桐生が僕のシャツのボタンを外していく。僕も彼のネクタイを外し、シャツのボタンへと手をかけたが、激しいキスに息が上がってしまって、指先に力が入らず、ボタン一つ外すのにも凄く時間がかかってしまう。

僕がもたもたしている間に桐生は僕のシャツの前をはだけさせると、ベルトを外し、下着ごとスラックスを引き下げた。

唇を離した桐生がちら、と自身の身体を見下ろし、少しもボタンの外れていないシャツを見て、くす、と笑う。今日は桐生に苦笑させてばかりだ、と反省した僕は身体を起こし、脱衣に手を貸そうとしたのだが、桐生は、自分でやる、とばかりに起き上がり、手早く服を脱ぎ始めた。

「ごめん……」

シャツから腕を抜きながら謝ると、珍しいことに桐生が声を上げて笑い出した。

「何を謝ってるんだ？　脱がせ方が下手なことか？」

「…………」

確かにそんなことを謝られたら、笑いたくもなるだろう。納得しながらも、そんなに笑わなくてもいいじゃないか、とつい恨みがましい目を向けた僕に、全裸になった桐生が、まだくすくす笑いながら覆い被さってくる。

「謝る必要ないだろう。脱がせ方が上手いより断然いい」

「……それを言ったら……っ」

桐生はやたらと上手いじゃないか、と悪態をつこうとした唇を、嚙みつくようなキスで塞ぎながら桐生が掌で僕の胸を強く擦り上げる。乳首への強い刺激に、合わせた唇から息が漏れ、早くも腰が捩《よじ》れてしまう。それをまた桐生にくすりと笑われ、羞恥から僕は顔を背けようとした。

「……痛っ……」

同時に桐生の唇が外れた、と思った次の瞬間、彼は僕の胸に顔を伏せ、勃《た》ちかけた乳首を口に含むと、コリッと音がするほど強く嚙んできた。『痛い』と悲鳴を上げはしたが、痛みと共にじん、とした痺れが生じ、肌が一気に火照《ほて》っていくのがわかる。

桐生の指がもう片方の乳首を摘《つま》み、きゅっと抓《つね》る。同時にまた強く乳首を嚙まれ、びくっと僕の身体が震えた。鼓動が速まり血液の循環がやたらと活発になる。その血液が一気に下肢に流れ込む錯覚を覚えていたのは、僕の雄がどくどくと脈打ち形を成してきたためだった。

「やっ……あっ……あぁっ……」

指先で、そして舌で、歯で、苛めるように乳首を弄《まさぐ》られる僕の口からは堪えきれない声が漏れる。胸を舐《ねぶ》るときに桐生はわざと音を立てるのだが、その音がまた僕の欲情を煽り、だんだんと我慢ができなくなってきた。

「きりゅ……っ……あっ……」

彼を求めてこの身が疼いていることを伝えたくて僕は、激しく身悶えながらも両脚を大きく開き、その脚を彼の腰に回し下肢をすり寄せていった。

「…………」

気づいた桐生が、ちら、と目を上げ僕を見る。

「や……っ」

待ちきれないのか、と言いたげな笑みに羞恥が煽られ、目を逸らしてしまいながらも、僕の両脚はしっかり桐生の背に回っていた。

またも、くす、と桐生が笑い、身体を起こす。本当に今日は笑われてばかりだ、と、あまりに貪欲な己の身体を僕は恥じたが、その羞恥の念も桐生に両脚を抱えられ、逞《たくま》しい雄で後孔を擦り上げられたときには遥か彼方へと吹き飛んでいた。

「や……っ」

先走りの液で濡れた先端が、僕の後ろを二度、三度、なぞっていく。挿入を待ち侘び、ひくひくと激しくそこが蠢《うごめ》く刺激に腰が捩《よじ》れ、もどかしさから声を漏らした僕の脚を桐生が抱え直す。

「はやく……っ」

なかなか挿入しようとしない彼に焦れ、僕が訴えかけたと同時に、ずぶりと雄の先端がねじ込まれた。

「……っ」

少しも慣らさぬところへの侵入が渇いた痛みを呼び起こし、息を呑んだせいだろう。桐生の動きがぴたりと止まる。

「大丈夫か」

問いかけ、腰を引こうとする彼のその腰に僕は両脚を回して引き寄せることで動きを制し、大丈夫、と頷《うなず》いてみせた。

「焦るな」

呆れたような声で僕を諭す桐生に対し、大丈夫だから、と何度も首を縦に振ってみせる。そうも焦ってみせたのは、一刻も早く彼と繋がりたいからだった。

桐生を中で感じたかった。彼の逞しい雄で衝《つ》いてもらいたかった。僕の中に彼がいる、二人は一つなのだと、体感として得たかった。

二人の間のぎこちない空気が失せたことを、はっきりと感じたかった。心は目に見えないけれど、彼の熱い肌は、激しい突き上げは、確かにこの手で、この身体で感じることができる。

桐生の気持ちを疑っているわけでは決してないが、かたちとしてこの腕に、身体に彼を受け止めたいという思いは、桐生には正しく伝わったようだ。

「……わかった」

やれやれ、というように溜め息をつきはしたが、彼はそっと僕の脚を抱え直すと、雄を抜くことなくゆっくりと腰を進めてくれた。

「ん……っ」

狭道をこじ開けられる痛みに、身体が強張《こわば》りそうになる。力を抜こう、と大きく息を吐くと、桐生が抱えていた僕の片脚を離し、その手で萎えかけていた雄を握り締めた。

先端のくびれた部分を親指と人差し指の腹で擦り上げられる刺激に、どくんと雄が脈打ち、肌に熱が戻ってくる。

「あっ……や……っ……」

身体の強張りが解け、四肢が弛緩《しかん》していくのが自分でもわかった。と、桐生は、よし、というように微笑《ほほえ》むと、僕の雄を握ったまま片脚だけ高く抱え上げ、一気に腰を進めてきた。

「あぁっ……」

松葉崩しとかいう体位だ、などと考えている余裕はなかった。いつも以上に奥深いところに彼の雄を感じた次の瞬間、激しい突き上げが始まったからである。

「やっ……あっ……あぁっ……」

不自然に片脚を高く上げさせられた辛さが力強い桐生の突き上げと相俟《あいま》って、僕の身体の中で欲望の炎が立ち上る。

己の高い喘ぎの合間合間に、激しく動く桐生の口から漏れる抑えた息の音が聞こえる。僕と違い桐生は声を上げることは殆どないが、その彼が微かに漏らすこの低い声は堪らなくセクシーで、僕の欲情はますます煽られ、早くも達しそうになっていた。

「だめ……っ……だ……っ……あっ……まだ……っ……あぁっ……」

意味不明な言葉を叫び、いやいやをするように首を横に振る。前髪が汗で額に張り付くのに、いつの間にそんなに汗をかいたのかと気づかされた僕の全身は今や、火傷しそうなほどの熱を放っていた。

吐く息も熱ければ、前髪をかきあげた指先も酷く熱い。うっすらと汗をかいた全身の肌も、肌の下を流れる血液も、何もかもが、そう、脳まで熱く滾《たぎ》っているようで、何も考えることができない。

「やだ……っ……あっ……まだっ……あぁっ……」

もっと桐生を感じていたい。一人で達するのは嫌だ——そのときの僕の思考はおそらくそういったものであったとは思うのだが、頭の中が真っ白になってしまい、自分でもわけのわからない言葉を叫ぶことしかできなかった。

自分にもわからないというのに、桐生は僕の気持ちを正確に察してくれたらしい。未《いま》だ彼の手の中にあった僕の雄の根本をぎゅっと握って射精を阻んでくれたあと、一段と激しく腰を打ち付けてきた。

「あぁっ……あっ……あっあっあっ」

発露の術《すべ》を失った僕の雄が桐生の手の中で爆発しそうになっている。痛いほどに強く下肢をぶつけられるために起こるパンパンという乾いた音が僕の喘ぎと共に室内に響き渡った。

身体を覆う熱は更に上がり、全身から汗が噴き出してくる。どこもかしこも熱かったが、何より熱いのは、桐生がその逞しい雄を出し入れする部分だった。

挿入時にはあれだけその雄の進路を阻んだ内壁が、今や熱く滾り、桐生の雄が突き立てられるたびにわななくように震えて愛しげにそれを締め上げ、更に奥へと導こうとする。

桐生によって『開発』された僕の身体は、桐生の望むままに彼を受け入れ、彼を悦ばせる。

男として、同じ男に抱かれ、こうも快楽を得るとはと、そんな己の身体の変化に悩んだ時期もあったが、今はただ、桐生によって快楽を得、彼にも快感を与えることができる自分の身体を僕は何より愛しく思っていた。

「あぁっ……もうっ……もうっ……」

延々と続く激しい突き上げに、息が上がりすぎて苦しくなってくる。タフが売り——などというと、それだけが売りなわけではないと本人からクレームがつきそうだが——の桐生と比べて体力の落ちる僕は——これもまた、落ちるのは体力だけか、とクレームがつくことだろう——既に限界を向かえつつあった。

朦朧《もうろう》としてきた意識の中、荒い息の下でふっと笑う桐生の声が聞こえたと同時に、彼の手が僕の雄を勢いよく扱き上げた。

「あ——っ」

その瞬間僕は達し、悲鳴のような声を上げながら彼の手に白濁した液を飛ばしていた。

「くっ……」

桐生もまた達したようで、伸び上がるような姿勢になったあと、抱えていた僕の脚をそっと下ろしていった。

「あっ……」

弾みで、ずる、と彼の雄が抜ける。途端にその質感を惜しみひくつき始めた後ろを持て余し、腰を捩った僕へと、桐生がゆっくりと覆い被さってきた。

「まだ足りないか」

くす、と笑い、桐生が僕のねじれた下肢を見下ろし、問いかけてくる。

「……うん……」

頷くのには勇気がいった。が、彼の言うとおり、僕はもっともっと、桐生を感じていたかった。

「え」

桐生としては僕をからかったつもりだったのだろう。それをあっさりと認められ、一瞬啞然とした顔になる。

滅多に拝めないその表情は僕の笑いのツボにはまり、達したばかりでまだ息も整ってない状態だというのに、笑いが止まらなくなった。

「笑うな」

わざと作ったと思しき憮然とした顔で桐生が僕を睨み、顔を近づけてくる。

「だって……」

堪えようとしても、なかなかおさまらない笑いを止めたのは桐生のキスだった。ついばむように触れるだけのそのキスが次第に深いくちづけへと変じていく。

その頃には僕の笑いも無事収まっていたが、一旦の収まりを見せていた欲情の焔《ほむら》は、二人の身体の中で再び燃え盛り始めた。

「覚悟しろよ」

彼の背をしっかりと両手で抱きしめ、痛いほどのキスに身を委ねていた僕に、唇を離した桐生が意味深に笑いながらそう囁く。

「……え……？」

意味がわからず問い返したときには、身体を起こした桐生に両脚を抱えられていた。

「あっ……」

お前が『足りない』と誘ったのだから、それなりの覚悟はできているということだよな——桐生の言葉がそういう意味であったと僕が察するのは、それから二度、三度、と絶頂を迎えさせられ、体力と気力の限界を彼の身体の下で体験させられた挙げ句、最後は気を失って逞しい胸に倒れ込んだ、そのあとのこととなった。

5

　翌朝、いつものように桐生は僕を無理やり自分と同じ時間に起こすと、あまりの腰のだるさに口を利く気力もなく、食卓に突っ伏していた僕のためにコーヒーを淹《い》れてくれた。

「それじゃ、いってくる」

　僕をこれだけ疲弊させた当の本人である桐生は、まるで疲れを知らないかのような爽やかな顔をして家を出ようとした。

「……いってらっしゃい……」

　本当に同じ人間とは思えない、と半ば呆れ半ば感心しながら送りだそうとした僕を、ドアを開いた桐生が振り返る。

「忠告はしたはずだ。覚悟をしておけ、と」

「忠告じゃない。予告だろう？」

　いや、予告どころか『宣言』だったじゃないか、と言葉を足そうとした僕より早く、桐生がにやりと笑い口を開いた。

「思いの外、冴えたことを言うじゃないか。頭のほうは働いているんだな」

そんなにボケているように見えたのか、とむっとした僕を見て桐生は声を上げて笑うと、もう一度、

「ひど……」

「それじゃ、いってくる」

と言い置き、ドアから出ていった。

「いってらっしゃい」

バタン、とドアが閉まる直前、声をかけた僕を桐生が振り返ったのが見えた。見惚《みと》れずにはいられない彼の端整な顔が笑みに綻《ほころ》んでいることに、無上の喜びを感じる僕の顔もまた笑っていた。

雨降って地固まる——二人の胸に横たわっていたわだかまりが綺麗に消えているのが嬉しい、と僕は桐生の笑顔を、彼の出ていったドアを前に暫《しば》し佇《たたず》み思い出していたが、身体の怠さに耐えられず、あと一時間は寝よう、と寝室へと戻ったのだった。

八時半に起床し、慌ててシャワーを浴びてから支度をして家を出た。このままでは遅刻だと、久々のタクシー通勤となり、会社に着いたのは始業の九時半ぎりぎりだった。

連日早い時間に退社していたために仕事は山積みになっており、午前中は事務処理に追われ、午後には突然勃発した取引先とのトラブルの対応に追われたが、なんとか六時すぎにはすべてに目処《めど》をつけ、尾崎《おざき》と吉澤《よしざわ》と共に田中《たなか》の父親の見舞いへと向かうことができたのだっ

た。

三日連続して早帰りではあったが、初日は浩二のカラオケに付き合わされ、昨夜は桐生との激しい行為に翻弄され、と睡眠不足が続いていたため、僕は相当疲れた顔をしていたらしい。

「大丈夫かよ」

「具合でも悪いのか？」

と同期二人に、お前が入院しそうだとからかわれつつも心配されながら、手ぶらで行くのも何かと途中下車して百貨店に寄り、またも日持ちのしそうな、今度は和菓子の詰め合わせを購入してから病院を目指した。

T大附属病院に到着後、僕の案内で食べ物の匂いが充満する廊下を進み、田中の父親の病室へと向かう。と、今日も田中と母親は来ており、僕ら三人を見て彼は、

「やあ」

と明るく声をかけてきた。

「忙しい中、悪かったな」

「なに、他人行儀なこと言ってるんだよ」

「お前ら、他人じゃないか」

いつものごとくふざけ合う同期の会話が一通りなされたあと、僕らは田中の父親を見舞い、

恐縮する母親に挨拶をし、早々に病室を出た。あまり騒いではご両親にも同室の患者さんにも迷惑になると思ったためだ。

「しかし田中も大変だったな」

ここなら多少騒いでも――病院ゆえどこでも騒いでは問題だろうが――大丈夫だろうと、待合室の一角で僕らは田中を囲み、彼の労をねぎらった。

尾崎の言葉に田中が「いや」と首を横に振る。

「俺は殆ど役に立たなかったからな」

「いやあ、ご両親もお前が帰国してくれて心強かったと思うぜ」

「そうそう。まあ、尾崎なら枯木も山のにぎわい扱いだっただろうけど」

「酷いな」

見た感じ容態も安定しているようだったし、何より田中が普段どおりであったために、尾崎も吉澤もいつものようにふざけ、田中を盛り立てようとする。こういうときに、同期っていいな、と思わずにはいられないと彼らの様子を見ていた僕の前で、尾崎がふと思いついた顔になり田中に問いを発した。

「それにしても、よく転院できたよな。T大附属にコネでもあったのか？」

「……ああ、まあね」

田中が一瞬の躊躇《ちゅうちょ》を見せたあと、笑顔で頷いてみせる。泳いだ彼の目が僕へと向きかけていたことに気づいていたが、それは多分、僕の世話になったと、言おうかどうしようかを迷ったためだと思われた。

もしも田中が僕の名を出せば、尾崎と吉澤の問いは今度、僕へと向けられることになろう。そうなると僕は桐生の名を出さざるを得なくなる。

田中はそうならないよう、気を配ってくれたようだ。桐生は別に僕に頼まれたからではなく、自主的に――田中のためを思い病院を紹介したのだと、昨日田中には説明したというのに、未《いま》だに彼は僕の言葉を信じていないようだ。違うのに、と心の中で呟いた僕にまた、ちらと田中は視線を向けたあとに、尾崎と吉澤へと視線を戻し、

「それより」

と話を変えた。

「せっかくゴルフをセッティングしてくれたのに、悪かったな。今度、一時帰国したときには、俺がセッティングするよ」

「なんだ、もう帰るのか？」

ああ、『帰る』は変か、と尾崎が田中に尋ねる。

「週末には戻ろうかと思ってるよ」

「もっとゆっくりしていけばいいのに」

「まあ、ゆっくりしていったとしても、ゴルフしたのがバレたらさすがにマズいか」

田中の答えに、吉澤と尾崎がそれぞれにコメントし、な、というように僕を見た。田中もまた僕へと視線を向けてくる。

「早く戻れと言われてるのか？」

理由が理由なのだから、そう急かすこともないだろうと思うのだが、と、僕もまた田中の、思った以上に早い帰国――ではなく、職場復帰か――に驚きを覚え、ついそう言ってしまった。

「今、ちょうど取り込んでいる時期だということもあるんだが、帰国を急かされているわけじゃない。ただ、父親も落ち着いたみたいだし、あまり長いこと事務所を空けて他のスタッフに迷惑をかけるのもな」

田中が顔を顰《しか》めて答えるのに、吉澤と尾崎が揃って、

「真面目だなあ」

「ほんと。俺ならこれ幸いと二週間はゆっくりするね」

などと半ば本気、半ばふざけた声を上げる。

「もう、チケットはとったのか？」

「ああ、日曜日発で」

さすが田中、多分手配してるだろうなと予測し問いかけた僕にそう頷くと、皆を見渡し、にっと笑った。

「また夏休みには戻るつもりだから。都合がつけばゴルフ、よろしく」

「おう。高地での特訓の成果を見せてくれ」

「俺らも腕、磨いておくぜ」

吉澤と尾崎も明るく笑って答える。僕も笑顔で田中に声をかけようとしたのだが、それより前に「そういや」と尾崎が話を振ってきた。

「最近、長瀬《ながせ》のスコアの伸びが著しいらしいぜ。ヤミ練してるというもっぱらの噂だ」

「なんだ、そうなのか？」

田中の問いと、

「長瀬、お前、百切るとか言うなよなっ」

『百獣』ならぬ『百十』仲間の吉澤の悲鳴？　が重なって響く。

「百はさすがに切らないよ」

『ヤミ練』は確かに積んでいた。休みの日に桐生に練習場や、ときには実際にラウンドしながら教えてもらうのだ。ハンデがシングルであるほどゴルフが上手い桐生は、人に教えるのも上手く、彼のおかげで万年『百十』、もしくはそれ以上叩いていた僕も今は、崩れると百を超えることはあるものの、ほぼ九十代で回れるようになっていた。

だがそれを言えば、いつ練習しているんだとか、誰に教えてもらってるんだとか、いろいろと突っ込まれると思い、常に百切るわけじゃないし、とそう答えたのだが、どう答えよう

が突っ込まれるのは一緒だったようで、

「ああ、長瀬が俺を置いていってしまう」

「一人でヤミ練するなんて暗いぞ。一緒に練習しようぜ」

「そうそう、一体どこでヤミ練してんだよ。いいコーチでもついたのか？」

どこで練習してるんだ、と、吉澤と尾崎が次々言葉をかけてくる。

「馬鹿。人に教えたら『ヤミ練』じゃないだろ」

そんな彼らの追及から僕を救ってくれたのは田中だった。冗談めかしてそう言うと、

「俺もメキシコで相当ヤミ練してるぜ」

と胸を張り、話題を自分へと向けようとする。

「コッチに帰ってくると、身体が軽くなった気がするんだ。身軽なプレイを披露できただろうに、惜しいぜ」

「マラソン選手の特訓じゃないんだからさあ」

「そうそう。身体軽くなってもスコアには影響しないんじゃないの？」

田中の狙いどおり、吉澤と尾崎が話に食いつく。いつもながらの彼の気遣いを申し訳なく思った僕は目で感謝の念を送ったが、田中が僕を見返すことはなかった。

それから面会時間終了までの三十分間、同期四人で馬鹿話をし、田中に見送られて病院のエントランスまでやってきた。

「おふくろさんは？　こっちに泊まってるのか？」

「ああ、近所にマンスリーマンションを借りた」

別れしな、気になって問いかけた僕に田中は答えると、改めて三人を見渡し、

「本当にありがとう」

と頭を下げた。

「何言ってるんだよ」

「そうだよ、俺らにできることがあったら何でも言ってくれよな」

尾崎と吉澤が彼に声をかける中、僕もまた田中に対し、

「ほんと、なんでも言ってくれよ」

と、告げ、彼を見つめた。

「ありがとう」

田中が僕を、そして吉澤や尾崎を見返し、笑顔で頭を下げる。

「他人行儀だな」

「他人だろ」

「お約束のツッコミだ」

皆、ふざけてはいたが、吉澤も尾崎も、そして僕も、心の底から田中を案じ、彼のためにできることはなんでもしようと思っていた。

それが伝わるのだろう、田中は真面目な顔になると改めて僕たちに向かい、

「本当にありがとう」

と深く頭を下げて寄越した。

「そんな他人行儀な」

「だから他人だろって」

「それ、さっき言ったから」

「大事なことだから二度言うのさ」

「何が大事なんだよ」

またも僕らが茶化す中、田中もまた笑顔になり、

「なんだよ、他人なのかよ」

と僕らの茶々に入ってくる。

「俺は他人のつもりじゃなかったのに」

「お、田中、愛の告白？」

「俺を他人じゃないと言ってくれてるのか？」

『他人行儀』の台詞《せりふ》を繰り返していた尾崎がふざけて田中にしなだれかかる。

「嬉しいぜ」

「何が嬉しいんだか」

笑う田中に、吉澤も尾崎も、そして僕も爆笑した。

「それじゃあまたな」

「ああ、一時帰国、楽しみにしてるぜ」

「元気でな」

田中が笑顔で手を振るのに、尾崎と吉澤、それぞれが答え、僕も何を言おうかなと考えたあと、

「いろいろ大変だろうけど、頑張れよ」

と言い、田中に手を振り返した。

「ああ。お前も……」

田中がにっこり笑ったあと、すぐに言葉を足す。

「お前らもな」

「おう、頑張るぜ」

「お前も頑張れよ」

吉澤と尾崎が元気に答え、行くか、と僕を振り返る。僕も彼らに頷き返し、僕らは田中が見送る中、ようやく病院をあとにしたのだった。

「これからどうする？　久々に飲むか？」

駅へと向かいながら尾崎が僕と吉澤、二人に声をかけてきたとき、ポケットに入れておい

た僕の携帯が着信に震えた。

「ちょっとごめん」

てっきり仕事関係だと思い、携帯を取り出した僕は、ディスプレイに浮かぶ意外すぎる人の名に驚いたあまり、応対に出るのを忘れた。

「おい？」

吉澤に声をかけられ、はっと我に返ると、二人に目で謝りつつ、通話のボタンを押す。

『こちら、長瀬さんの携帯ですか？』

電話の向こうから聞こえてきたのはなんと――。

『滝来《たきらい》です。今、少しお時間よろしいでしょうか』

昨日、病院で会ったばかりの桐生の部下、滝来だった。

「あ、はい……」

答えながら僕は、立ち止まり通話する僕を見つめていた尾崎と吉澤に目で、行こう、と合図し歩き始める。尾崎と吉澤は僕を振り返りながらも、話を聞くのも悪いと思ったのか二人で会話を始めた。二人のあとに続きながら僕は、携帯を握り直し、

「あの、なんでしょう？」

と滝来に用件を問うた。

『よろしければこれからお会いできないかと思いまして』

「え？」

電話だけでも驚きだったのに、会いたいと言ってくるとは、と戸惑うあまり絶句した僕の耳に、やたらと心地のいい滝来の美声が響く。

『お時間はそう取らせません。ご都合のいいところに伺いますので』

下手《したて》に出た丁寧な口調ではあったが、なんとしてでも今夜会いたい、という意志を通そうとしている。そこにカチンともきたし、久々に同期で飲もうとしている矢先でもあったというのに、僕が滝来に返した言葉は、

「わかりました」

という了承だった。

『ありがとうございます。どちらに伺えばよろしいでしょう』

滝来がほっとしたような声を出し、場所の指定を求めてくる。ここから行くのなら、と僕は日比谷を指定し、待ち合わせ場所を決めて電話を切った。

「どうした？　デートか？」

「そういう口調じゃなかったなあ」

二人は僕の通話を、聞かないふりをしつつもしっかり聞いていたようで、電話を切った途端振り返り尋ねてきた。

「悪い。急に呼び出しがかかって……」

「仕事か。大変だな」

「まあ、また飲もうぜ」

電話での僕の口調がそれこそ『他人行儀』だったからだろう。詳細を話すより前に二人は勝手に納得してくれ、駅前で飲んでいくという彼らと別れた。

地下鉄千代田線の改札を通る僕の胸に、どうして了承してしまったのだろう、という後悔の念がちらと過《よ》ぎる。

押しの強い滝来に不快感を覚えたはずなのに、その押しの強さに負けたのか。

「…………」

いや、違うな、と僕は口の中で呟き、その呟きを吐き出すかのように大きく溜め息をついた。

滝来は桐生の優秀な部下である。桐生の滝来への信頼は厚く、今や右腕といわれる存在であるのが、桐生との会話の節々から伝わってくる。

桐生に誰より信頼されている——仕事の上で、ではあるが——存在であるということが、僕にとっての滝来に特別な意味を持たせていた。早い話が嫉妬である。

とはいえ僕が人一倍嫉妬深いというわけじゃない。僕だって桐生が信頼を寄せる相手全員に嫉妬を剝き出しにしているわけじゃないが、滝来は信頼の『一番』であるだけでなく、かつて彼が桐生に対しモーションをかけていたという事実を知っているためだった。

桐生が腹膜炎をこじらせて入院した際、病室で彼が桐生とキスをしているシーンを僕はこの目で見た。

そのキスには一応理由があったのだが、その理由を知ったところで、桐生と滝来がキスをしていたという記憶がなくなるわけもなく、何かというと僕は滝来に対し嫉妬を覚えてしまうのだった。

会社が別々になった今、僕と桐生が顔を合わせるのは早朝と深夜、それに休日くらいだ。だが滝来はほぼ朝から晩まで桐生の傍にいる。それだけで嫉妬心が煽られる、心の狭い自分がいた。

容姿端麗、頭脳明晰、その上人当たりもよく、気遣いも完璧である。何から何までもがかなわない、と思わしめる彼の外見や中身の素晴らしさもまた、僕の嫉妬心を煽り立てた。

桐生には彼のほうが相応しいのではないか。そんなことを考えたこともあった。たとえそうであったとしても身を引くつもりはなかったが、滝来の存在がなければもしかしたら、こうも自分が桐生に相応しくないのではないか、と気に病むこともないのでは、と思わないでもない。

しかし昨日の今日で、一体なんの用があるというのだろう。一つとして心当たりはないのだけれど、と首を傾げているうちに地下鉄は日比谷へと到着し、待ち合わせ場所に指定されたインペリアルホテルのロビーに僕は急いだのだった。

「すみません」

約束の時間まで十分はあるというのに、滝来は既にロビーのソファに座ってブラックベリーを操作していた。

「いえ、まだ時間ではありませんから」

どうぞお気になさらず、と滝来は微笑み立ち上がった。さりげなくブラックベリーを内ポケットに仕舞う仕草も流れるように美しい。桐生の立ち居振る舞いも、おそらく本人は意識していないだろうがとても端正で、見惚《みと》れてしまうことがよくあるのだが、滝来の動作もまさにそんな感じだった。

無駄は少しもなく素早いのに、せかせかした印象を与えない。ああ、『優雅』というんだ、と、そんなことをぼんやりと考えていた僕は、その滝来に声をかけられ、はっと我に返った。

「どうしましょう？　お食事はもうお済みですか？　お時間をとらせるのも申し訳ないので、喫茶店にでも行きますか？」

「……食事はもう済ませてきました」

滝来に返した答えは嘘だった。空腹すら覚えている状態ではあったが、彼と二人、向かい合って食事をする気にはちょっとなれなかったのだ。

今まで何度か彼とは顔を合わせたことはあったし、二人きりで会話を交わしたこともある。なぜか見た目を裏切ると言われるのだが、僕は人見知りをするほうではなく、あまり知らない人間相手でも、それなりに会話を続けることができる。人と話すことが苦にならない性格なので、敢えて会話を避けるなんていうこんなことは珍しい。

滝来に対して悪感情を抱いているわけではない。ただ、嫉妬心は感じていた。それで会話を嫌がっているのだとしたら、自分でも驚くくらいの嫉妬深さだ、と心の中で反省していた僕に、滝来が相変わらずのにこやかな笑みを向けてくる。

「それならラウンジに参りましょう」

そう言い、先に立って歩き始めた彼の動作はやはり『優雅』そのものだった。彼のあとに続きながら僕は、きっと彼と比べて僕の立ち居振る舞いはさぞ無骨に周囲の目に映ってるのだろうな、と詮無いことを考え、馬鹿か、とまた自己嫌悪に陥ったのだった。

ラウンジは空いていて、僕らはすぐに奥のほうの席へと通された。

「何になさいますか？」

それぞれにボーイからメニューを渡されたあと、滝来が僕に尋ねる。

「コーヒーを」

「私もコーヒーをお願いします。デカフェで」

注文の品を伝えると、滝来はボーイが立ち去るのを待ち、おもむろに口を開いた。

「お呼び立てして申し訳ありませんでした。昨日のことを謝りたいと思いましたもので」

「え？」

用件の心当たりはまるでなかったが、『謝罪』であったとは、と驚き、目を見開いた僕の前で滝来が少し困った顔で微笑んだときにコーヒーがやってきて、会話は暫し中断された。

「余計なことを言うなとボスに叱責されましてね……ああ、こうしてお詫びに上がったのはボスの指示ではなく私の意志ですので、そこはどうかお取り違えのないように……できることなら、このことはボスに内密にしていただけると助かります」

あくまでもお願いですので、お話しになりたかったら話していただいてかまいません、と滝来は言葉を続け、にっこりと目を細めて微笑んだ。

「……はあ……」

相槌《あいづち》の打ちようがなく、胡乱《うろん》な返事をした僕の胸が、嫌な感じで脈打ち始める。なぜそんな感覚になるのか、自分でもよくわからなかった。嫌な予感とでも言うんだろうか。変にざわめく胸を抱え、僕は滝来が口を開くのを待った。

「……ボスが栄転の話を断ったと知り、黙っていられなくなってしまったのです。百人が百人、千人が千人断らない話です。それをボスはいともあっさりと断り、日本に残ると仰る。目の前に輝かしい未来が、大きなチャンスがぶらさがっているのに、ボスは手を伸ばそうともせず背を向けてしまう。あまりにももどかしく感じてしまい、それであなたから説得をしてもらえないかと思い、昨日お話しさせていただいたのでした」

「………」

僕に説得をしてほしい、という話の運びではなかったじゃないか、と思いはしたが、そのことを僕は突っ込まなかった。滝来もまた僕が突っ込むことはすまいと推察しているようだった。

滝来の作戦は次のようなものだったと思う。僕に桐生のアメリカ本社への栄転の話をする。僕がそれを桐生に問い詰める。桐生は僕のために渡米はしない、と答える。それを聞いて僕は、彼のためにならないと思い、身を引く——。

もしも桐生が僕に栄転の話を打ち明けていたとしたら、説得を依頼したのだろうが、何も知らされていないとわかり、このような作戦を立てたのだろう。

そのため彼は、アメリカへの栄転がどれだけ桐生のためになるか、強調して説明してみせた。だが、違うのだ、と僕は、一旦言葉を切った滝来が次に話し始めるより前に、

「あの」

と口を開いた。

「なんでしょう」

「誤解です。桐生に栄転を断った理由を聞きました。彼は彼なりのプライドから断ったと言

ってました」

『誤解』の中身は説明せずとも滝来には伝わったらしいが、僕の発言内容は理解できなかったようだ。

「ボスはなんと仰ったのですか？」

桐生の言葉の中身を教えてほしい、と問いかけてきた彼に向かい僕は、頭の中で昨夜聞いた桐生の話をまとめつつ答え始めた。

「まだ日本でやり残したことがあると言っていました。また、自分の目標は日本法人を作りその長となることだとも……それをＣＥＯに説明したらわかってもらえたという話でしたが……」

「長瀬さん、あなたまさか、ボスのその言葉を文面通りに信じたわけじゃないですよね？」

僕の言葉を滝来の笑いを含んだ声が遮《さえぎ》る。その笑いは苦笑というより冷笑に近く、彼の口調もまたどこか意地の悪さを感じさせるものとなっていた。

「……はい？」

意味がわからない、と問い返した僕の前で、滝来があからさまに、やれやれ、と溜め息をついてみせたあと、

「いいですか？」

改めて僕を見つめ、口を開いた。

「本社の副社長とアジアの現地法人の社長、ポジション的にもサラリー的にもどちらがより勝っているか――子供だってわかるでしょう」

「………」

がん、と頭を強く殴られたような衝撃に、僕は今打ちのめされていた。それでも桐生の言葉を信じたいという僕の願いを、続く滝来の言葉は無残に打ち崩し、ますます僕を茫然自失の状態へと追いやっていった。

「それに日本法人を作りたいのであれば、本社の副社長になるのが一番の早道でしょう。経営の中枢に身を置くことになるのですから」

「………そう、ですね……」

確かにそのとおりだ、と頷き答えた僕の声は酷《ひど》く震えてしまっていた。

「ああ、失礼しました」

途端に滝来が笑顔を作り、僕を気遣う言葉をかけてくる。

「今日は謝罪に来たというのに、またあなたに不愉快な思いをさせることになってしまいましたね。本当に申し訳ありません」

「……いえ、そんな……」

『不愉快』とは思わなかった。否、思えなかった。僕はただ滝来の言葉にショックを受けていた。

それでも最低限、体裁を取り繕おうと僕は、無理に笑顔を作り、首を横に振ったのだったが、口元はぴくぴくと痙攣しているかのように震えていた。

「本当に申し訳ありません。ボスの決めたことに私が口を出すこと自体、間違いであるということは勿論《もちろん》わかっておりますし、ボスも私の口出しをまったく望んでいないということも――いえ、非常に腹立たしく思っていることも勿論、承知しています。それでも、どうにももどかしく思えてしまいましてね……」

滝来の表情はにこやかだったが、彼の口調に次第に熱がこもってくるのがわかった。彼自身がそれに気づいたのだろう、ふっと苦笑するような笑みを一瞬浮かべたあとに、再び、

「本当に申し訳ありませんでした」

と僕の前で深く頭を下げてみせた。

「謝っていただくようなことでは……」

「いえ、謝罪すべきことです。ボスにも酷く叱責されました。余計なことはするなと」

ここで滝来はにっこりと微笑んだが、その表情はどこかやりきれなさを湛《たた》えているように見えた。

「すっかりお時間を取らせてしまいました。そろそろ参りましょうか」

滝来がそう言い、伝票を手に立ち上がる。

「あ、払います」

「いえ、私がお誘いしたのですから」

滝来は僕に財布をポケットから出すことをさせず、さっと支払いを済ませてしまった。

「払います」

「結構です」

彼が領収証をもらわなかったために僕は再度申し出たのだが、滝来は決して僕からお金を受け取ろうとはしなかった。

「どうやって帰られます？　タクシーですか？」

「あ、いえ、地下鉄で」

タクシーでもそう金額はかからない距離だったが、まだ時間も早いので地下鉄を選んだ僕に対し、滝来は、

「それでは私はここで」

とにっこりと微笑み、軽く頭を下げて寄越した。彼の住居の場所は知らないが、どうやらタクシーで帰るつもりらしい。

「ご馳走《ちそう》様でした」

お互いコーヒーには殆ど手をつけなかったな、と思いながらも頭を下げた僕に、

「いえ」

と滝来は笑顔で首を横に振ると「それでは」と会釈をし踵を返した。僕もまた踵を返し、

日比谷駅が近いほうのホテルの出入口に向かおうとしたそのとき、

「長瀬さん」

背後で滝来の声が響き、何事だ、と僕は彼を振り返った。

「はい？」

振り返った先、滝来が笑顔で告げる。

「ボスが日本に残るのは、あなたのためですよ」

「……っ」

はっきりと告げられたその言葉に衝撃を受けた僕に向かい、滝来はまたにっこりと微笑むと、こう言葉を続けた。

「ですが、ここはボスの言い分を黙って聞き入れるのが花というものでしょう」

そうして彼は何も言えずにいる僕に再び会釈をすると、踵を返してそのまま正面の入り口へと向かい歩き出した。

優雅な歩き方で遠ざかっていく、すっと背筋の伸びたその背を目で追っていた僕の耳に、不意に田中の言葉が蘇《よみがえ》った。

『お前のためにやった、と言えば、お前が恐縮することがわかっていた。だから敢えて桐生は、お前のためじゃない、俺が元同期だから、なんて理由をつけたんだろう』

「…………」

そんなことはない、と田中に対し首を横に振ったこの言葉もまた、正しかったというのだろうか。田中の言うとおり、桐生は僕のために田中の父親の転院先を探したと――？

その上で僕に気を遣わせまいとして、わざわざ『違う』と否定してみせたのか――？

呆然と立ち尽くす僕の頭に、桐生の苦笑した顔が浮かんでくる。

『自惚《うぬぼ》れるな。お前のためじゃない』

その言葉が真実か否か、それを聞く相手は桐生本人以外にない。ようやく気を取り直した僕は拳を握り一人頷くと、一刻の猶予も惜しいとホテルのロビーを突っ切り、タクシー乗り場に走ったのだった。

6

タクシーに乗ってから、急いで帰ったところで桐生が家にいるわけがないか、と当たり前のことに僕は気づき、まるで思考力の働いていない自分の馬鹿さ加減に溜め息をついた。

帰宅後はまた、桐生が帰ってくる夜中まで一人悶々と過ごすことになるのか、と天を仰いだ僕の耳に、滝来の言葉が蘇る。

『ボスが日本に残るのは、あなたのためですよ』

「………」

本当にそうなんだろうか――頭に浮かぶ幻の桐生に問いかけてみても、答えを返してくれることは当然ながらない。

それでも問いかけずにはいられずにいた僕が再び幻の彼に答えを求めたそのとき、近距離ゆえ早くもタクシーはマンション前に到着した。

運転手に料金を支払い、車を降りる。外からでは桐生が帰宅しているかどうかなどわかるはずがないのに、僕はその場に暫し佇《たたず》み高層のマンションを見上げてしまった。

なかなか足が動かないのは多分、桐生はまだ帰っていまいと考えながらも、万が一彼が既に帰宅していた場合、どう話を切り出すのかを迷っているためだった。

『僕のためだったのか？』

その問いに桐生が苦笑したり、冷笑したりする。それならまだいいのだ。

『そのとおりだ』

もしも彼が認めたとしたら――すべては僕のためだったとしたら、僕は一体どうすればいいのだろう。

桐生の輝かしい未来を僕が妨害しているのだとしたら。彼の人生を僕が台無しにしてるのだとしたら。

もし本当にそうなら、とても耐えられないことだ。僕は彼にとってそんな価値のある男じゃない。

桐生の恋人となったときから――いや、もしかしたらそれ以前から僕は、彼にとって自分はまるで相応しくない相手だと自分のことを思っていた。

桐生が人生をかける価値のある相手は、間違っても僕のような、すべてにおいて『平均値』と言われる人間ではないはずだ。

類《たぐ》い希《まれ》なる資質を持つ彼の相手は、同じく類い希なき存在でなければならない――と思う。たとえば、と考えたときに一番に滝来の顔が浮かび、僕はまたも深い溜め息をついてしまった。

滝来は桐生を誰より——そう、もしかしたら僕よりも余程理解しているのではないか。それを証拠に彼は、僕を言いくるめた桐生の言葉の馬鹿馬鹿しさをいち早く察し、冷笑した。

冷笑、なんて意地の悪い言葉を選んでいることにふと気づき、自己嫌悪に襲われる。と同時に、もしかしたらまだ滝来は桐生のことが好きなんじゃないだろうか、という不安も込み上げてきて、僕はまたも大きな溜め息をついてしまった。

桐生は僕と同じ社に勤めている間も、浮いた噂が一時も絶えなかった男だ。噂先行ではあったにせよ、彼ほどの外見、そして中身を兼ね備えた男が、男女を問わずもてないわけがないのだ。

滝来はかつて桐生のことを好きだったと僕に告白したことがあった。もしかしたら彼の胸の中では相変わらず桐生への恋情が燃えさかっているのかもしれない。そうでなければ、桐生がアメリカへの転勤を断ったことに対し、もどかしいなどという気持ちを抱かないだろう。

僕が滝来に勝るものといえば——若さくらいしか思いつかない。数歳の年の差などは、『勝る』もののうちには入らないだろうから、優位点はほぼゼロといっていい。

桐生の胸の内を正確に把握しているだけでなく、仕事上では的確な働きができる。滝来こそがパートナーとして相応しいのではないか、と僕だって認めざるを得ないのだが、決して認めたくはない。

桐生にとって相応しい存在になるためには、一体何をすればいいのだろう。

じっとマンションを見上げていた僕は、少しもいい考えが浮かばぬことに諦めの溜め息をつくと、いつまでも外で立っていても仕方がない、と、建物内に入ることにした。

この時間だと他の住民と顔を合わせることが多いのだが、今日はエレベーターホールに誰も人はいなかった。すぐに来た箱に乗り込み、三十八階のボタンを押す。

急速に上昇するエレベーターの動きに軽い目眩《めまい》を覚え目を閉じた弾みで足下がよろける。エレベーターの壁にもたれかかった僕の脳裏に、滝来の笑顔が浮かんだ。

作ったような笑みだが、優雅であることにかわりはなかった。よく目が笑っていない、といわれる人間がいるが、彼の場合はしっかりと目まで笑っている。感情を面に表さないことにかけては完璧であるため、心を見透かすことができないのが怖いのだが、その彼が一度だけ、感情にかられた言動を取った。

僕が桐生の言葉をそのまま信じていると知り、あからさまに僕を冷笑した、あれである。

余程腹に据えかねたのだろうか。僕のようなレベルの低い人間が桐生の輝かしい未来の障害になることが許せなかったのか。

許せないと思われたとしても仕方がない、むしろ僕自身が自分を許せないくらいだ、と溜め息をついたとき、チン、とエレベーターが指定階に到着した音がし、扉が開いた。

目を上げ、表示灯を見て三十八階に到着したことを知り、慌ててエレベーターを降りる。

部屋へと向かいながら僕は、今更のように空腹を覚えた。何か買い置きがあっただろうか、と冷蔵庫の中を思い浮かべながら、そういや連休中に桐生に料理を習う、なんてことを話していたのだったと思い出す。

ゴールデンウィーク——まさに黄金色に輝くような幸せに溢れた休日だった。朝から晩まで桐生と共に過ごしたあの数日。最後のほうは僕のせいでぎこちない空気が流れてしまったが、それまでの間は本当にどの時間を切り取っても常に幸福な気持ちが充ち満ちている、そんな時間だった。

タヒチに行ったときにも、二人きりの濃密な時間を桐生と過ごし、この上ない幸福を味わったものだったが、どこへも行かずにマンションに閉じこもっていても、同じ幸福感を得ることができるのは、きっと場所は関係なく桐生が傍にいてくれるからじゃないかと思う。

桐生が傍に——自分で考えた言葉がやけに引っかかり、思わず僕の足が止まる。

もしも桐生がアメリカ行きを決めていたとしたら、もう彼は僕の傍にはいなくなる。輝かしい経歴となるであろう彼の将来を邪魔したくはない。だがそのために二人が離れ離れになることに、僕は耐えられるのだろうか。

「………」

あまりに女々しい——なんていうと、女性に怒られそうだが——自分の思考がほとほと嫌になり、僕は大きく溜め息を吐き出すと気を取り直し、部屋へと向かって歩き出した。

耐えられるだろうか、なんて、本当に僕は馬鹿じゃないかと思う。もういい大人なのだ。

耐えずにどうする、である。

遠距離恋愛の経験はない上に、僕の周囲では悉《ことごと》く破綻したカップルばかりゆえ、桐生と遠くアメリカと日本に離れる不安は計り知れないものがある。

だが、だからといって彼に『行かないでくれ』という権利は僕にはない。栄転ならそれを共に喜び合いたいし、アメリカにだって喜んで——は難しいが——送り出すことができるはずである。いや、しなければならないのだ。

もし、滝来の言うとおり、桐生が僕のために栄転を断ったのだとしたら、それは間違っている、と言うべきだ。

うん、と僕は到着した扉の前で一人頷くと、鍵穴にキーを差しかちゃりと回した。

「……あ……」

玄関に桐生の靴があることに驚いたあまり、口から驚きの声が漏れる。まさかもう帰宅していたなんて、思ってもいなかった。彼の帰宅までの間に心の準備と言うべき台詞を整え、向かい合おうと思っていたのにと、予想外の展開に僕はドアを開いたままその場に立ち尽くしてしまった。

と、ドアの開く音に気づいたのだろう、なのになかなか中に入ってくる気配のないことを訝ったらしく、リビングのドアが開き、桐生が顔を覗かせる。

「なんだ、早いな」

おかえり、と微笑む彼の顔は、とても『僕のために』愚かな選択をした男のものとは思えない。果たして滝来の、そして田中の言ったことは本当なのだろうか、と今更迷い始めた僕の返事が遅れた。

「どうした？」

黙り込んだままじっと顔を見つめる僕に、桐生が問い返してくる。

「……桐生、あの……」

昨夜のデジャビュだ、という考えが僕の頭を掠める。また『馬鹿な』と笑い飛ばされるかもしれない。それならそれでいい、僕が恐れているのはそうじゃないことのほうだ、と僕はようやく心を決めると、

「なんだ？」

と端整な眉を顰めながら僕へと向かってきた桐生に対し、問いを放った。

「やっぱり僕のためなのか？」

「なに？」

しまった、もっと筋道立てて話そうとしていたのに、口をついて出た言葉はあまりに意味不明なものだった。

桐生もわけがわからなかったようで、更に眉を顰める。落ち着け、と僕は自身に言い聞かせると、できるだけ誰にも迷惑のかからないようにと考え考え喋り始めた。

「アメリカ栄転を断ったのはやっぱり僕のためだったんじゃないか？　本社の副社長になれば、日本法人を作ることは逆に容易《たやす》いんじゃないかと気づいたんだ。もしも僕のためだというのなら、考え直してもらいたい……栄転の話を受けてもらいたいんだ」

「まず、靴を脱げ。こんなところで突っ立ったままする話じゃない」

必死の思いで訴えかけた僕に対し、桐生の答えはそんな、なんとも気勢をそぐものだった。

「……うん……」

確かに玄関先でする話ではないが、それにしても少しも驚きや戸惑いを感じていないかのような桐生の態度に僕のほうが肩すかしをくわされた気がする。

それでも言われたとおり靴を脱ぎ、僕は彼のあとに続いてリビングへと向かった。

「……あ、ごめん」

ダイニングテーブルの上に食べかけのパスタの皿があるのに気づき、食事中だったのか、と桐生に謝ると、桐生もちらとそのほうを見たあと、

「いや」

と首を横に振って僕の謝罪を退け、まずは座れ、と言うように腕を引きソファへと向かった。

窓辺のソファに二人並んで腰掛けると、桐生はまじまじと僕の顔を見つめてきた。

「……なに……？」

穴の空くほど、という比喩がぴったりのその視線に、一瞬だけ臆し問い返すと、桐生は忌々しげに舌打ちし、僕から視線を逸らせた。

「桐生？」

「滝来だな？」

問い返した途端、彼の視線が僕へと戻ってくる。咄嗟《とっさ》に答えられず息を呑んだ次の瞬間、

「違うよ」

と答えた僕の声と、

「まったく」

と、溜め息をついた桐生の声が重なって響いた。

「嘘をつくな」

桐生が僕をじろり、と睨む。

「嘘じゃ……」

ない、と言おうとしたが、最早見抜かれているのは明白だと気づき、不承不承認めることにした。

「……ごめん」

「本社の副社長がどうこうなど、あいつ以外にお前に教える人間はいないからな」

僕の嘘を見抜いた理由を桐生はあっさりと明かすと、やれやれ、というような呆れた表情

になり、非難混じりの声で喋り始めた。

「その件に関しては、昨日で既に話がついたと思ったが違うのか？」

「話はすんでないと思うんだ」

僕は滅多に桐生の言葉を途中で遮ったりしないし、彼の主張に異議を唱えたりもしない。理由はいたって簡単で、桐生の言うことが異論を言えるようなものではなく、常に正しかったからなのだが、そんな僕が珍しくも言い返したものだから、桐生が驚いたように目を見開き口を閉ざした。

その隙に、というわけではないが、僕はなぜ彼の意見に反対したのか、その理由を少しでも自分の思いが正確に彼に伝わるよう、言葉を選んで必死に訴えかけていった。

「桐生は昨日、栄転を断ったのは僕のためなんかじゃなく、自分のポリシーのためだと言ったけど、本当なのか？　確かに僕にその疑いを抱かせたのは滝来さんの指摘だったけど、言われてみればそのとおりだと思えてしまったんだ。もしも桐生が僕のために栄転を断ったのだとしたらどうしようと、それが心配で……っ」

「お前のためにしたことだとして、何が心配なんだ？」

今度は桐生が僕の言葉を遮る。彼の顔からは呆れた表情は既に消えていた。真っ直ぐに僕を見つめる瞳の中に真摯《しんし》な光がある。嘘も誤魔化しも、一つとして見逃さないといわんばかりのその目に貫かれ、言葉を失った僕に桐生が問いを重ねる。

「自分のためだと言われたら負担だということか？　そんなことをされても責任はとれないとでも？」

「違う……そうじゃなくて……っ」

そういう取られかたをするとは思わなかった、という驚きが僕に言葉を取り戻させた。

「責任とか負担とかじゃない、そもそも僕にはそんな価値はないと、そう言いたかっただけで……っ」

「俺の価値観をなぜお前が決める？」

またも桐生に厳しい声で遮られ、僕の言葉が止まる。

「決めるというか……」

「価値の有り無しはお前が決めることじゃない。俺が決めることだ」

そう言うと桐生は両手を伸ばし、僕の頬を包んだ。

「……でも……本当に僕にはそんな価値、ないんだ……」

温かい彼の掌が頬に触れた途端、胸に熱いものが込み上げてきてしまい、堪らず首を横に振る。その動きを桐生は両手でしっかりと僕の頬を包んで遮ると、ふっと微笑み、顔を近づけてきた。

「お前の自己評価は低すぎる。今はそれを問題にすべきときじゃないから多くは語らんが」

「……でも……」

桐生がコツン、と僕と額を合わせる。

「『でも』はもういい」

くす、と桐生は苦笑を漏らすと、じっと僕の目を見つめ静かな声でこう告げた。

「価値がどうこういう以前に、俺にはお前が必要なんだ。お前のためなら俺はなんでもする……そういうことだ」

「……でも……」

『もういい』とは言われていたが、それでも僕の口からは『でも』という言葉が漏れてしまった。

その声が酷く震えていたのは、胸の熱さが涙となり、瞳に込み上げてしまっていたせいだ。盛り上がる涙の滴のせいで、視界が霞み、桐生の顔が歪んで見える。その歪んだ世界で桐生は、またも苦笑すると、ゆっくりと唇を近づけてきた。

「……俺はお前さえいればいい。何度も言っているだろう？　どうしてこんなシンプルなことが覚えられないんだ」

「……でも……」

呆れた口調ではあったが、桐生の声は、彼の言葉はどこまでも優しく、僕の胸に滲《し》みてくる。嬉しいと思う反面、やはり僕にはその価値はない、と告げかけた僕の唇を桐生の熱い唇が塞いだ。

「ん……っ」

ちゅ、と触れるだけだった唇に誘われ口を開くと彼の舌が入ってきた。僕の舌を求めるそれに自分から舌を絡めていくと、逆に舌を搦《から》め捕られ、痛いほどに吸い上げられる。

「……ぁっ……」

そのままどさりとソファに押し倒され、貪るようなキスで唇を塞がれながら、桐生の手が素早く僕のタイを外し、シャツをはだけさせていくのに身を任せていた。

頭の中ではぐるぐると様々な思考が巡っていて、少しも考えがまとまらない。桐生は『シンプル』と言ったけれど、ちっともシンプルじゃない、と我知らぬうちに僕は首を横に振っていた。

「なんだ」

気づいた桐生が唇を離し、僕に問いかけてくる。唾液に濡れた唇が部屋の明かりを受けて光って見え、端整な桐生の顔を酷く淫蕩《いんとう》なものにしていた。

「……やっぱり……」

どう考えても、僕には桐生にそこまで思ってもらえるだけの価値はないのだ、と言おうとしたのがわかったのか、桐生は、やれやれ、というように溜め息をついたかと思うと、もう何も言わせまいというつもりか、再び僕の唇をキスで塞いだ。

「きりゅ……っ」

上げかけた声が彼の唇の中へと呑み込まれていく。桐生の言いたいことはわかる。だが僕の言いたいこともわかってほしい、と胸を押し上げようとした僕の手を桐生は片手でいとも容易く捕らえると、それを僕の頭の上で押さえ込み抵抗を封じた。

待て、と言おうとしたが、桐生は少しも待ってはくれなかった。もう片方の手で僕のベルトを外し、スラックスを下着ごと一気に引き下ろす。裸に剝かれた下肢に彼の手が伸びてくるのを、反射的に僕は身体を捩って避けようとしたが、一瞬早く桐生の手は僕の両脚の間を割るとそのまま後ろへと回り、指先をそこへと強引にねじ込んできた。

「……痛っ」

いきなりの挿入はそれが指であってもやはり痛みを覚え、塞がれた唇から苦痛の声が漏れる。桐生はちらと僕を見下ろしはしたが、指を引き抜くことはせず、反対にぐっと奥まで挿入すると、乱暴とも思える勢いで中をかき回し始めた。

「……っ……ん……っ……」

彼の指先が正確に前立腺を刺激するおかげで、苦痛はすぐに引いていき、かわりになんともいえないぞわぞわした感覚が下肢を這い上ってきた。昔はともかく、今の桐生はいきなり突っ込むような抱き方をすることはない。いつも僕の全身を優しく愛撫し、僕を昂《たか》めてくれたあとに後ろを解《ほぐ》し、そして挿入となるために、後ろを弄られる頃にはすっかり性的興奮を覚えているのが常なのだが、こうして素の状態で後ろだけを弄られ、次第に自分の身体が熱してくることに僕は戸惑いを覚えないではいられずにいた。

桐生に抱かれてもう随分になるし、彼の突き上げに我を忘れて喘ぐこともしばしばだけれど、まさか自分がその部分を弄られるくらいで性的興奮を覚えるとはなんだか信じられなかった。

この身体は男に——桐生に抱かれるように、すっかり開発されているということなんだろうか。込み上げる快楽に腰を捩らせながら、そんなことを考えていた僕の目の前、焦点が合わないくらいに近いところにある桐生の目が微笑みに細められたのがわかった。

合わせている唇から、僕の思考はすべて桐生に読まれているのか。馬鹿げたことを考えつつも、羞恥が募り顔を背けようとした僕の唇を強引に塞ぎながら桐生が後ろに入れた指をもう一本増やし、ぐちゃぐちゃと激しく動かしていく。

「……ぁっ……」

今や僕の身体は熱く火照り、鼓動は早鐘のように打ち続けていた。頭の中に渦巻いていた考えが一つ一つ消えていき、次第に何も考えられなくなる。

弄《まさぐ》られているのは後ろだけだというのに、僕の雄は早くも勃ち上がり、先端には先走りの液まで滲んでしまっていた。桐生はまだ服も脱いでいないというのに、と、腰を引き彼のスラックスを汚すまいとする僕の動きに気づいたのか、桐生がまた目を細めて笑ってみせる。

「気にするな」

唇を離し、そう囁いたと同時に後ろから桐生の指が抜かれた。

「あっ……」

ひくひくと、まるで壊れてしまったかのように蠢く後ろの動きに、堪らず喘いでしまった僕の前で桐生が素早く自身のスラックスのファスナーを下ろし、勃ちきった雄を取り出すと、僕の両脚を抱え上げ、ひくつくそこへと先端をめりこませてくる。

「あぁっ」

一気に奥まで貫かれたあとに、激しい突き上げが始まった。桐生の逞しい雄が僕の内臓をせり上げる勢いで突き立てられ、あっという間に絶頂へと導かれる。

「あっ……あぁっ……あっあっあっ」

二人の下肢がぶつかり合うときに、パンパンと高い音が鳴り、合間にぐちゅぐちゅという濡れた淫猥《いんわい》な音が響く。どちらの音も僕の興奮をこれでもかというほど煽り立て、ただでさえままならない思考がまるで働かなくなっていった。

頭の中が真っ白になり、その白い中に極彩色の花火が次々と上がるのが見える。

「やぁっ……もうっ……もうっ……あぁーっ」

やかましいほどに聞こえる己の高い喘ぎがやたらと遠くに聞こえるのは、胸の鼓動が耳鳴りのように響き、聴覚を失わせているためだった。

延々と続く絶頂感が、僕から理性を奪い、今や僕は性欲の塊ともいうべき存在に成り下がっていた。もっともっと桐生を中で感じていたい。もっと彼の力強い突き上げがほしい。彼の汗に塗《まみ》れ、彼と共に絶頂を極めたい。頭の中はそれだけでいっぱいになってしまう。

「もうっ……あぁっ……きりゅ……っ」

堪らず名を呼び、両手を桐生に向かって伸ばす。その手を桐生は僕の片脚を離した手で握り締めたあと、すぐに離し、二人の腹の間、勃ちきっていた僕の雄を握って一気に扱き上げた。

「アーッ」

直接的な刺激に耐えられず、僕はすぐに達し、白濁した液を辺りにまき散らしてしまった。

「くっ」

射精を受け、後ろが激しく収縮し桐生の雄を締め上げたのに、彼もまた達したようで、ずしりとした精液の重さを感じ、整わない息の下、僕は低く呻いてしまった。

「ん……」

「大丈夫か」

少しの息の乱れも感じさせず、桐生がそう言い、ゆっくりと覆い被さってくる。

「……うん……」

大丈夫、と頷いた僕の唇を桐生の唇が塞いだ。ちゅ、ちゅ、と、僕の呼吸を妨げまいとし、ついばむように唇を合わせてくる彼の細かいキスを受けるうちに、なぜか僕の胸に熱いもの

が込み上げてきて、堪らずその背にしがみつくと、桐生はキスを中断し、じっと僕を見下ろしてきた。

「……どうした……？」

「……わからない……でも……」

何か堪らない気持ちになった、と続けようとした僕はそのとき、その『堪らない気持ち』が何かに気づいた。

身体を気遣ってくれる桐生の優しさが、行為で途切れた思考を再び思い起こさせたのだ。

こんなに優しくしてもらう価値など、僕にはない。その思いが呼び起こす罪悪感が胸に溢れ、涙を誘う。

もしも僕がもっと優れた人間であったのなら——桐生と同じ程度に、などという高望みはしないけれど、せめてすべてを桐生に頼り切るだけじゃない、少しは桐生の力になれるような能力と資質を持ち合わせた人間であったとしたのなら、こんな罪悪感を抱くこともなかったのかもしれない。

桐生に相応しい人間になりたい——願うだけでは駄目だということは、勿論僕だってわかっている。

こんな僕でも必要としてくれる桐生のために、僕は絶対に諦めはしない。桐生に相応しい存在に必ずなってみせる。そのためには如何なる努力をも惜しまない、と、彼に伝えたいのに、上手く言葉に乗せることができない。

「……おい……？」

言葉にならないのなら、と僕は両手を桐生の背へと回し、彼の身体をぐっと己のほうへと引き寄せた。戸惑いの声を上げた桐生のその声が、頬を寄せた彼の胸から響いてきた直後、くす、という笑いが頭の上で響く。

「もう『でも』は聞き飽きたと言っただろう？」

「……ごめん……」

謝る僕の頭の上で、またも、くすり、と笑う声がしたと思った次の瞬間、素早く身体を起こした桐生に僕は抱き上げられていた。

「わ」

「謝罪も聞き飽きた。もっと違う言葉を聞かせてくれ」

思わぬ高さに彼の首にしがみついた僕の耳元で、桐生の笑いを含んだ声がする。

「違う言葉？」

なんだ、と身体を離し、問い返した僕の目の前で、桐生がにやり、といやらしく笑う。

「『イク』とか『シヌ』とかだったら、どれだけ言ってくれてもＯＫだ」

ソファは狭い、ベッドに行こう、と言いながら桐生が僕の身体を抱き直す。

「…………ごめん……」

彼がらしくもなくふざけてみせたのはおそらく、僕にこれ以上気を遣わせまいとしたためだろう。それがわかるだけに、またも謝ってしまった僕を見下ろし、桐生がやれやれ、というように溜め息をついてみせる。

「仕方がない。実力行使だ」

「ええ？」

溜め息混じりに告げられた彼の発言を聞き咎《とが》め、問い返した僕を抱いたまま、桐生が寝室へと向かって歩き始める。

そうして僕は桐生の言葉どおり彼の『実力行使』を受けた結果、『イク』だの『シヌ』だのをこれでもかというほど叫ばされることになり、激しすぎる行為のせいで最後にはついに気を失うという憂き目にも遭ったのだった。

「ん……」

目を覚ましたとき、部屋の明かりが消えていることに気づいた。隣を見ると桐生の姿はなく、どこへ行ったのだろう、と僕は気怠さを覚えつつ身体を起こすと、室内を見渡し、床に落ちていた彼のシャツを羽織ってベッドを降りた。

寝室にいないとなると、書斎か、はたまたリビングか、と考え、リビングへと向かう。そこに桐生がいると思ったというよりは、喉の渇きを覚えたためで、リビングと繋がっているキッチンへと行こうとしたのだった。

リビングの明かりはついておらず、やはり桐生の居場所は書斎だったか、と思ったのだがドアを開いたとき、外からの明かりでぼんやりと室内が見え、窓辺のソファに桐生が一人座っているさまが視界に飛び込んできて、思わず僕は、小さく「あ」と声を上げてしまった。

「起きたのか？」

桐生はシャワーを浴びたらしく、バスローブを羽織っていた。

「おいで」

僕に向かい手を伸ばしてくる彼の表情は、距離があるためあまり見えない。この暗闇の中、彼は一体何をしていたのだろうと思いながら、一歩、二歩と近づくうちに、桐生が手にエビアンのボトルを持っているのが見えるようになった。

彼もまた喉が渇いて起きだしたのかな、と僕は、その手を取り、導かれるままに彼の隣に腰を下ろした。

窓の外には東京の美しい夜景が広がっている。ネオン輝くその景色を眺めていた僕の前に、エビアンのボトルが差し出された。

「飲むか？」

「……ありがとう」

喉が渇いていたので受け取ったのだが、水はボトルの中になみなみと残っており、桐生が飲んだとしてもほんの一口だったのではないかと思われた。

キャップを開け、ごくごくと水を飲み干す僕の横では桐生がじっと窓の外を見つめている。

彼の手が僕の腰へと回り、そっと抱き寄せてくる。その動きに誘われ、彼にもたれかかった僕の髪を桐生は撫でながら、あたかも独り言のような口調でぽつぽつと話し始めた。

「……こうしていると思い出す……お前がここで暮らすと言ってくれた日のことを」

「……あ……」

彼の言葉を聞く僕の頭にも、その日の情景が昨日のことのように鮮明に浮かんできた。

『ここで暮らしても……いいかな』

昇る朝日を見ながら僕が彼にそう問うと、

『……待たせすぎだ』

と桐生は笑い、僕を抱き締め、くちづけてくれたのだった。

あの日のままに僕をきつく抱き締めてくる彼の背を、僕もまたしっかりと抱き締め返す。

熱いほどの彼の体温を腕に、胸に感じる僕の耳には、先ほど聞いたばかりの桐生の告白が蘇っていた。

『価値がどうこういう以前に、俺にはお前が必要なんだ。お前のためなら俺はなんでもする

……そういうことだ』

お前がいるだけでいい、と桐生に言われたこともあった。彼の言葉は僕にとってはもったいなさ過ぎて、どう答えていいのかわからなくなる。

せめて僕にできることは、『もったいなさ過ぎる』と思わないでいられるように、自分を高めていくことだ、と、僕はしっかりと桐生の背を抱き直しながら、そう心を決めた。

「……頑張るから……」

決意が言葉になり、唇から零《こぼ》れ落ちる。しまった、声に出す気はなかったんだけど、と慌てて口を閉ざした僕から桐生が身体を離すと、顔を見下ろしふっと優しく微笑んだ。

「やっと前向きになったな」

「……うん」

頷いた僕の背を再び桐生が抱き締め「それでいい」と耳元で囁いてくれたあとに、少し身体を離し、僕の唇を唇で塞ぐ。

「んん……っ」

次第に激しくなるくちづけの間、目を閉じていた僕の頭の中には、かつて桐生とここで見た美しい夜明けの風景が、あのとき感じていた至上ともいうべき幸福感とともども鮮明に浮かんでいた。

7

翌日、僕の出社は始業時間ぎりぎりになってしまったのだが、フロアに行くと田中がきていた。

「田中！」

「ああ、長瀬、昨日はありがとな」

既に鞄を持っていた彼に、どこに行くのかと尋ねると、今日は人事部での諸手続と上司への挨拶に出社しただけで、これからまた病院に戻るのだという。

「おふくろが長期滞在の準備のために一旦静岡に戻ってるんだ」

留守番みたいなものだ、という彼を僕はエレベーターホールまで送ることにした。

「別にいいよ」

田中は苦笑したが、それでも僕が見送るというと、

「それならコーヒーでも飲むか」

と逆に誘ってきた。

「時間、いいのか？」

「ああ、五分十分なら」

大丈夫、という彼に、僕も午前中はこれといった予定がなかったはずだ、とざっとスケジュールを思い起こし、田中の誘いに乗ることにした。

「いつも社食の自販ってのもなあ」

地下二階の社員食堂の自販コーナーでいつものようにそれぞれにコーヒーを買い、明かりのついていないテーブルで二人向かい合って座ると、田中が笑ってそう告げた。

「確かに」

僕もまた苦笑し、コーヒーを啜《すす》ったのだが、田中の視線が注がれていることに気づき、

「なに？」

と問い返した。

「いや……」

田中は少し言葉を探すような素振りをしたあと、再び、

「なに？」

と問いかけた僕に、苦笑としかいいようのない笑みを浮かべ、問いかけてきた。

「なんか、吹っ切れた？」

「え？」

一瞬意味がわからず問い返した僕は、続く彼の言葉に思わず、あ、と声を上げそうになっ

た。

「なんか吹っ切れた顔してるからさ。悩みはなくなったのかと思って」

「………」

言葉を失う僕に、田中は相変わらずその顔に苦笑を浮かべたまま、やけに淡々とした口調で言葉を続けた。

「昨日も随分吹っ切れてるようには見えたんだけど、まだ、どこか不安定な感じがしたんで、実は心配してたんだ。でも今朝は本当に吹っ切れた顔をしている。悩みがなくなったんなら喜ばしい、と思ったら、つい、言わずにはいられなくてさ」

気を悪くしたらすまん、と頭を下げる田中に、僕は慌てて、

「気を悪くなんてしないよ」

と大声を上げ、彼の頭を上げさせた。

「僕こそ、お父さんが大変なときだっていうのに心配かけてごめん」

「それこそ謝る必要はないさ。俺が勝手に心配しただけなんだし」

田中の手が伸び、バシッと僕の肩を叩く。

「でも……」

「『でも』じゃない。だいたい俺はお前から相談を受けたわけでもなんでもないのに、勝手に心配してたんだ。お前が恐縮することじゃないだろう？　うざったいと思われても文句は

言えないんだからさ」

「そんなこと、思うはずないよ」

申し訳なく思いはするが、余計なことを、なんて思うはずはない、と首を横に振る僕を見て、田中が声を上げて笑う。

「そんなにムキになられると、本気で迷惑だったのかと思わずにはいられないな」

「そんなことないって」

誤解だ、と、それこそムキになって否定した僕に田中は、

「冗談だよ」

と言い、片目を瞑《つむ》った。

「からかったのかよ」

酷いな、と恨みがましい目を向けた僕の肩を、田中がまたぽんと叩く。

「いや、半分本気だ。お節介を焼いてしまったんじゃないかと、これでも反省してたんだぜ」

「……田中……」

田中の顔は笑っていたし、口調はふざけたものだったが、彼の目はこの上なく真剣だった。

思わずその目に引き込まれ、じっと見つめ返していた僕は、不意に肩をバシッと叩かれ、はっと我に返った。

「まあ、お前が元気になったなら、それでいいってことだよ」

そろそろ行くか、と田中が、冷めてしまったコーヒーを飲み干し、紙コップをぐしゃ、と手の中で潰す。

「……うん……」

田中の優しすぎる発言に僕は、このままその優しさを受け止めてしまっていていいのかと、そんなことを考えながらコーヒーを一気に飲み干した。

勢いあまって噎《む》せてしまった僕の唇からコーヒーが零れる。

「おい、大丈夫かよ」

田中が背中をさすってくれながら、ハンカチを差し出してくる。

「大丈夫……」

げほげほと咳き込みながらも僕は自分のハンカチをポケットから取り出すと、口元と上着に零れてしまったコーヒーを拭った。

「お前らしくない」

田中が笑い、バシッと僕の背を叩く。

「そうかな」

ドジ、というほどでもないが、この手の失敗は結構するんだけれど、と思い問い返した僕と、同じことを考えていたらしい田中は、

「そうでもないか」

と僕の顔を覗き込み、二人は顔を見合わせ笑い合った。

「それじゃ、行くか」

田中が先に席を立ち、僕も彼に続いて立ち上がる。二人してゴミ箱へと向かっている間に、田中があまりにさりげなくその名を出した。

「桐生にどうかよろしく伝えてくれ。本当に世話になったと」

「……わかった」

田中は以前、桐生が病院を世話してくれたのは僕のためだ、と言った。僕はそれを否定したが、その否定を田中がまた否定したのだった。

おそらく――そう、おそらくではあるが、田中の言ったことのほうが正しかったのだろう。桐生は僕に気を遣わせまいとし、わざと田中は自分にとっても元同期だから、と紹介の理由を説明したのだ。

滝来に、そして田中に背を押されなければ僕はきっと桐生にそのことを確かめられなかったに違いない。最初桐生は真実を隠していたが、昨日ようやく僕らはそれぞれに心の内をすべて明かし合い、抱き合うことができた。

田中のおかげだ、と思い、エレベーターホールへと向かう彼の背を見やったそのとき、まるで僕の心の声が聞こえたかのようなタイミングで田中が振り返った。

「長瀬、なんだか顔つきが変わったな」

「え？」

言われた言葉の意味がわからず、思わず手を頬へと持っていった僕に、上階行きのボタンを押しながら田中が笑いかけてくる。

「新婚ほやほやの人妻の顔になってる。愛されてる実感、みたいな」

「何を言ってるんだか」

なんだ、冗談だったのか、と僕は田中を睨《にら》んだが、僕の視線を受け止める田中はただ苦笑しているだけで、冗談だ、というような言葉を漏らすことはなかった。

まさか本気で言ったのか、とまたも頬へと手をやったときに、チン、とエレベーターが到着する音がし、少し離れたところにある箱の扉が開く。

「おっと、行こうぜ」

と、田中がすっと逸らした視線をそちらへと向け、駆け出した。扉が閉まる前にと思ったのかもしれないが、そうも急いだのは何か彼がきっかけを探していたからかもしれなかった。

地下二階から一階まではあっという間に到着した。田中はそのままエレベーターに乗って行けと言ったが、ここで別れるのも何かと思い、エントランスまで彼を送ることにした。

「それじゃあな」

多分もう、会社に顔を出すことはないと思う、と田中が言うのに、ということはもう当分会えないのか、と今更気づいた僕は、少し慌ててしまった。

「次の帰国予定は？」

「夏には帰りたいと思ってるけど、どうだろうなあ。今回結構長く帰国したし」

帰れるようなら連絡をする、と言う田中に、

「わかった」

と頷き彼を見る。田中は一瞬、何か言いたそうな顔をしたが、僕が「なに？」と問いかけると、

「いや」

と笑って首を横に振った。

「俺もいい加減に、彼女でも探そうかな、と思ってさ」

「え？」

いきなり何を言い出したのだ、と驚き目を見開いた僕の肩を田中は、

「冗談だよ」

と小突くと、「じゃあな」と右手を挙げ自動ドアへと向かっていった。

「元気でな。いろいろ頑張れよ」

彼の背にそう声をかけたあと、この『頑張れ』が彼女を作ることへのエールだと思われるかもしれない、と気づき、慌てて言葉を足す。

「お父さんのこと、なんでも言ってくれな」

「ああ、ありがとう」

田中が僕を振り返り、高く右手を挙げる。すぐに前を向き開いたドアから出ていった彼の背を僕はその場に立ち尽くしたまま暫く見送っていた。

彼女を作るなんて突然言い出した彼の真意はどこにあったのか。僕の顔を見て『人妻』なんて馬鹿げたことを言い出したことと何か関係があるのか。

もしかして、と思うところはあった。が、そう思うこと自体がなんだか不遜な気がして、僕は敢えて頭の中からその考えを追い出すと、そろそろ席に戻ろうとエレベーターホールへと引き返したのだった。


「あ、長瀬さん、課長が捜してましたよ」

席に戻った途端、後輩の小澤《おざわ》がそう教えてくれたが、当の野島《のじま》課長は席にいなかった。

「課長、来客中です」

きょろきょろと辺りを見回していた僕に、ベテラン事務職の安城《あんじょう》さんが課長の所在を教えてくれる。

「誰ですか?」

もしやその来客に関係あるのかと思い安城さんに聞くと、僕とはまるで関係のない仕事のラインの取引先だということがわかった。

「なんでしょうね?」

僕も気になったが、なぜか小澤も気になるようで、そわそわと辺りを見回している。

「さあ?」

課長に呼び出される心当たりといえば、仕事では数件、懸案事項があったので多分それだろうと当たりをつけた。

一件、どうしても製造が間に合わず、予定していた船積みができない案件があるのだが、コンテナをなんとかやりくりして最悪の事態を免れている。客先も一応了解してくれたのだが、もしやそこに待ったがかかったか。それとも契約と違うと支払いに物言いがついたか。どちらにせよ、あまり厄介なことにならないといいのだが、と、溜め息混じりに、離席時間が長すぎたせいでスクリーンセーバーになっていた画面を解除し、メールをチェックし始めた。

「あれ」

トラブルであれば当然、僕のところにも届くだろうと思われていたメールが客先からもメーカーからも入っていない。

かわりに、というわけではないが、尾崎と吉澤からそれぞれ『昨日はお疲れ』というメールが入っており、次に田中が帰国したら是非ともゴルフに行こう、と書いてあった。

二人のメールに『昨日はごめん』と返信をしかけていたとき、近くの応接室のドアが開き、まずは来客が、続いて課長と石田《いしだ》先輩が出てきて、エレベーターホールへと向かっていった。

「結構機嫌、良さそうでしたね」

その様子を目で追っていた僕に、同じく目で追っていたらしい小澤が声をかけてくる。

「……機嫌、悪かったのか？」

小澤がわざわざそう言うということは、課長が僕を捜しているときには機嫌が良くなかったのだろうか、と心配になり尋ねると、途端に小澤はあたふたとした様子になった。

「いや、そういうわけじゃ……」

「どうかな。機嫌の良し悪しはともかく、どこへ行ったんだと相当捜してたぞ」

横から同じ課の秋本《あきもと》先輩が、そう声をかけてくる。

「そうでしたか……」

秋本先輩は癖のあるタイプで、こういった一言一言に棘が感じられるのだが、根は良い人で、頼むより前に仕事上のフォローをしてくれたりする。

僕が行き先も告げずに二十分近く席を外したことに対し、ちくりと嫌みを言ってきた彼に、この程度はいつものことだと思いながら頷くと、

「相当なんて嘘よ」

と、安城さんが速攻でフォローを入れてくれた。

「長瀬はどこ行った？　って、一回言ってたくらいよ。そのあとすぐお客さん来たし」

「ありがとうございます……」

入社年次が随分上の安城さんに対しては秋本先輩も何も言えないようで、ふいとそっぽを向き、席を外そうとした。

「あら、今度は秋本さんが席外し？」

嫌み返し――嫌みを言われたのは僕なのだから、彼女が返すのも変なのだが――とばかりに安城さんが秋本先輩に声をかける。

「コーヒー買ってくるだけです」

秋本先輩はむっとしたようにそう答えると、大股でフロアを突っ切っていった。

「安城さん、最強ですね」

小澤が僕にぼそりとそう呟く。確かに最強、と僕が頷こうとしたそのとき、来客を送り終えた野島課長と石田先輩が席に戻ってきた。

「課長、僕をお捜しだったと聞いたのですが」

出ていったときとは裏腹に、難しい顔をし石田先輩の報告を聞いていた課長に僕は、二人の会話が一段落つくのを待って声をかけた。

「おう、そうだ」

それまでの話題からの、眉間にくっきりと縦皺を刻んだ難しい顔のまま課長が僕を見る。

「ちょっといいか？」

「はい」

オープンスペースではできない話だったらしく、課長は席を立つと先ほどまで来客を迎えていた応接室へと入っていった。僕もあとを追い、課長が開いておいてくれたドアから中へと入る。

「まあ、座ってくれ」

野島課長が僕に、上座を示す。まだ客に出したコーヒーも片付いていないテーブルを回り込み、下座へと向かった課長に倣い、僕は言われたとおりにソファに腰掛け、課長を見つめた。

てっきり仕事のことかと思っていたが、仕事関係ならこうして部屋に呼ばれることはないだろう。となると、プライベート関連だろうか。

だが、プライベートで注意を受ける心当たりはあまりない。唯一あるのが未だに宙に浮いている僕の退寮問題だが、あれは僕が寮を出ると言ったのを課長が自らの判断で『様子を見たほうがいい』とペンディングにしてくれていたのだ。

いよいよ人事からクレームがついたんだろうか。それともまったくの別件か。もしかしたら、僕と桐生が同居していることが、課長の耳に入ってしまったのではないか、と思いついたとき、僕の背筋をすっと冷たいものが流れた。

野島課長にそれがバレるのはかなり不味い。というのも課長の認識では、僕は桐生に強姦された被害者だからだ。

かなり恥ずかしい話だが、桐生がまだ会社を辞める前、応接室で彼と身体を繋いでいるところを警備員に踏み込まれた。その際、僕が両手を縛られていたせいで桐生に強姦されたという扱いになり、ことがことだけに、と人事部長と桐生と僕の上司である両課長限り、ということでこの件は封印され、僕にはなんのお咎めもなく終わったのだった。

事情を知らない野島課長は僕に対してかなり同情的に接し、その後も何かと気を遣ってくれていた。実際は当時も『強姦』ではなかったという負い目がある僕は、野島課長には桐生との仲を知られたくなかった。もしも課長が僕と桐生の真の関係を知れば、騙されたと怒り、すべてを周囲にぶちまけるのではないかと、それを恐れていたのだ。

だがいつまでも隠し仰せるとは思っていなかったし、隠し続けることが桐生に対し失礼じゃないかと最近ではそう思えてきた。とはいえ、実は桐生と付き合っています、とカミングアウトする勇気を持つところまでには達していない。

もしや今やそのときがきたのだろうか——ごくり、と僕が唾を飲み込む音が室内に響く。と、その音に誘われたかのように、それまで黙っていた課長がようやく口を開いた。

「そう緊張されると切り出しにくいんだが……」

「……すみません……」

調子のいいことにかけては天下一品、と自他共に認める野島課長が、いつものように少々ふざけたモードで会話の火蓋を切る。この様子からすると、桐生のことが知れたわけではないな、と思い、内心安堵の息を吐きつつも謝った僕に、

「冗談だよ」

と課長は尚も笑いかけ、手を伸ばして僕の肩を揺さぶった。

「実はな」

課長の手が外れ、ほぼ同時に彼が口を開く。

「お前に名古屋への異動の話がきた」

「……え……？」

課長の言葉を聞いた瞬間、僕は自分が何を言われたのか、まるで理解できていなかった。それゆえ戸惑いの声を上げたのだが、次の瞬間には話の内容を完全に理解し、その場で固まってしまったのだった。

「支社支店とのローテーションで、両部長相談の上でお前に決まったらしい。異動してきたばかりだと俺は反対したんだが、語学のできる若手がいいと名古屋の部長に押し切られたそうだ」

「…………はあ……」

理解はしたが、少しも話は頭に入ってこなかった。

商社に勤めたからには、海外駐在はあってしかるべきだと思っていたし、入社当時は僕もいつかは、という希望を抱いていた。

だから『駐在』という概念はあったが、『国内転勤』になる可能性を、僕は欠片ほども考えたことがなかった。

僕の周囲で国内転勤をした人間が今のところ誰もいなかった、というのが大きいのかもしれないが、まさか自分が国内転勤を命じられるとは、予想すらしていなかった。

だが今、こうして野島課長が告げているのは、名古屋転勤の内示なのである。名古屋か

――大手自動車メーカーの本拠地であるという知識しかない。

ああ、味噌カツ、それにエビフライ、ひつまぶし、それから金の鯱《しゃちほこ》なんていうのもあった。石川五右衛門が盗もうとしたんだっけ、なんて、殆どどうでもいいようなことが頭の中でぐるぐると巡っている。

しかし名古屋か――サラリーマンであるから、転勤命令が下ればどこへでも行かなければならないということはわかっていた。

海外駐在ではなく国内転勤、東京本社から地方へはどうしても都落ちの感が拭えない、という思いもあった。人に言えばきっとリアクションに困るだろうな、なんて、馬鹿げたこと

まで考えていた僕の頭に、不意に桐生の顔が浮かんだ。

「……あ……」

「どうした、長瀬？」

それまで呆然としていた僕が、いきなり声を上げたものだから、野島課長が驚き問いかけてきた。

「あ、いえ……」

なんでもありません、と首を横に振りながらも、僕の鼓動はドクドクと嫌な感じで脈打ち、額には脂汗まで滲んできてしまっていた。

転勤の命令には従わざるを得ない。だがそれを僕は桐生に伝えることができるだろうか。桐生がアメリカへの栄転を断ったと知った今、自分は会社の命令どおりに名古屋に行く、と果たして僕は言えるのか――？

「長瀬、大丈夫か？」

真っ青だぞ、と野島課長が心配そうに僕の顔を覗き込んでくる。

「ショックだったか？」

「いえ、そういうわけじゃないです。驚きはしましたが……」

ショックを受けている、という態度を取りたくないのは、単なる見栄だった。左遷ととられかねない地方支店への異動に衝撃を受けるなど恥の上塗り、情けないにもほどがある。

しっかりしろ、と己を叱咤《しった》し、微笑もうとしたが、唇の端がぴくぴくと痙攣し上手く笑えなかった。

「背番号はウチの本部にあるし、単なるローテーションだ。三年……長くて五年で呼び戻してやれると思うから、そう落ち込むな」

こんなフォローを聞きたくないのであればしっかりしなければならないのに、と思うままにならない己の顔に、身体に、自己嫌悪の念が込み上げてくる。

「……すみません……」

「だから謝るなって」

気持ちはわかる、と課長が再び手を伸ばし、僕の肩を叩く。課長の目には僕はきっと、地方転勤にショックを受けている部下、というように映ってるのだろうとわかったが、僕が衝撃を受けている理由はおそらく彼の思うところとは別にあった。

左遷のショック以上に僕が気にしていたのは、名古屋転勤をいかにして桐生に伝えるか——アメリカ本社への栄転を僕のために断ったという彼に、僕は会社の命令どおり名古屋へ行くと伝えることができるのか、ということだった。

価値観の相違

Kiryu SIDE

「話があるとのことでしたが……叱責ですよね？」

にっこりと優雅に微笑《ほほえ》み問いかけてきた部下を――滝来《たきらい》を、睨《にら》みつける。

「余計なことをしたと怒ってらっしゃる……わかっています。でもせずにはいられなかった。それはおわかりいただけますか？」

滝来は俺より年上であり、なおかつ人生経験も積んでいる。ゲイである彼はその種の修羅場も多く体験してきたというような話を以前聞いたことがあった。

学生時代をちゃらんぽらんに過ごし、一流といわれる総合商社を三年で辞めたあとに今の会社にヘッドハンティングされたという俺の人生経験など、彼から見れば失笑ものなのだろう。

利口な男であるから上司である俺に対してはそんな己の心情をおくびにも出さない。だがしっかりとそれを俺へと伝える術《すべ》を知っている、それがまた腹立たしいと思いながら俺は、彼を凹《へこ》ますのにもっとも有益と思える方法を取るべく口を開いた。

「まったく理解できません。私の転勤とあなたとの間にはなんの関係もありません。たとえ本社に引っ張られたとしても私はあなたも一緒に連れていくという考えは持っていません。期待していたのなら申し訳ありませんが」

「…………っ」

いつも以上にビジネスライクな口調を心がけつつ告げた言葉に、滝来が一瞬息を呑んだ。ウイークポイントは心得ているものの、あまり攻撃したくはない。理由はいたって簡単で、そのウイークポイントには色恋が絡んでくるためだった。

滝来は優秀な部下だが、唯一の欠点がこの『色恋』だ。本気であるのなら対処のしようもあるが、どうもそんな様子はない。その割にやけにしつこく俺に絡んでくる彼の意図がどこにあるのか俺は図りかねていた。

少なくとも『付き合いは仕事の上だけ』と強調した俺の言葉にショックを受けたとなると、それ以上の感情を持ち合わせている、と推察できる。だが彼の態度やリアクションを見るにつけ、そこまでの本気を見抜けないのだ、と俺は内心舌打ちしながら、これ以上彼が出しゃばった真似をせぬよう釘を刺そうと口を開いた。

「人にはそれぞれに価値観がある。あなたの価値観と私のそれとは同じではない。あなたの価値観を押しつけないでもらいたい。私が言いたいのはそれだけです」

「価値観を押しつけようなどと思ったわけではありません」

話は終わりだ、と切り上げようとしたのに、滝来は早くも衝撃から立ち直ったようで、おそれながら、と下手《したて》に出つつ反論してきた。

聞く耳持たないと突っぱねるのは容易《たやす》いが、あとを引く恐れがあった。それならきっちりと話を聞き、その上で切り捨てようと心を決める。

「それなら、どういう意図であなたは動いたというのです？」

「意図、といいますか……」

滝来がここで言葉を途切れさせ、俺を見る。三十半ばとは思えない若々しい容貌は、端整という言葉では足りないほどに整っていた。

世で言う『美男』というより『美女』という表現が近い、華やかな美貌の持ち主である。その上頭脳明晰、目から鼻へ抜ける賢さに加えて、人の心を捕らえずにはいれらない雰囲気をも持つ彼もまた、俺同様ヘッドハンティング組である。

俺より入社は一月ばかり早い。その僅か一月の間に彼は、社内のありとあらゆる情報を手に入れていた。俺の部下になるという発令を受けた当初、彼は俺に対し思うところがあったようだ。

初顔合わせのときのことは、記憶に鮮明に残っているが、「よろしくお願いいたします」と頭を下げてきた彼の態度は慇懃《いんぎん》無礼としかとれないものだった。

気持ちはわからないでもない。年下の上に社会に出てまだ三年目という若造の部下になるのだ。思うところがないほうがおかしい。

まずは威嚇《いかく》し様子を見るつもりであったらしい『慇懃無礼』さを俺は無視した。そんなところに腹を立てているようでは生き馬の目を抜くといわれるこの外資の世界、いつ足下を掬《すく》われるかわからない。

あくまでもビジネスライクに接する俺に対し、滝来の態度が変わったのは三日後だった。自分の上司として認められると判断するのに三日を要したということだろう。四日目からの彼の仕事ぶりはそれまで以上に細やかな心遣いを感じさせるもので——といってもそれ以前も手を抜いていたというわけではないが——より仕事がしやすくなる、と俺に思わしめた。

彼の培った社内における仕事の進め方のノウハウに助けられることも多かった。根回し一つで認証が下りるスピードが二日は違う。実際に仕事をしていくうちに身につくであろうが、滝来のおかげで俺は無駄な学習の時間を省くことができた。

彼ほど能力の高い男と仕事をしたことはなかった。その上滝来は俺同様上昇志向が強い。まさに切磋琢磨《せっさたくま》ともいうべき緊張感を互いに保ちながら仕事を進めるのは心地よかった。

心地よいといっても、あくまでも仕事上は、という意味だ。だが彼のほうはそうではなかったということに俺が気づくのにも、そう時間はかからなかった。

「……意図というより、動かずにはいられなかったのです。私としたことが感情を理性で抑え込むことができませんでした。今回ばかりは」

言葉を探すためか口を閉ざしていた滝来がようやく喋り始めたのに、俺は暫《しば》しの思考から覚め改めて彼を見やった。

「……で？」

話の先を促すと、滝来はまた、少しの間俯《うつむ》き言葉を探している素振りをしたが、今回はすぐに顔を上げ、俺を真っ直ぐに見据えながら口を開いた。

「あまりにも馬鹿げていると思ってしまったのです。あなたの選択が」

「CEOの召還を断ったことですか？」

問うまでもなかったが、確認を取る。イエス、と答えたら俺は、馬鹿げているか否かは俺の決めることだと告げ、彼を突き放そうと思っていた。

だが彼は頷《うなず》くことなく、端整な顔を歪め吐き捨てるような口調で言葉を続け、ある意味俺を驚かせた。

「確かに、あなたに私の価値観を押しつけるのは間違っている。ですが私の目からだけではなく、世間一般すべての人間が誤りだと判断するであろう愚かなことをボス、あなたはしようとしています。それを正すのは部下である私の勤めであると判断しました」

「…………」

滝来は常に一歩引いたところがあり、このように自己主張をすることはまずない。珍しいな、と思うのと同時に、それがまるで彼とは関係のない俺の進退についてであるという事実にも内心驚いていた。

なぜそうもムキになるのか、と図らずも興味を覚え始めていたが、俺が黙っていることに焦れたらしい滝来が続けた言葉のせいで、一気に興味が削がれていった。

「あまりに馬鹿げています。その上、その馬鹿げた選択をさせたあなたの恋人は、あなたの言い訳をなんの疑いもなく信じている。おめでたいにもほどがあります」

「ジェラシーですか」

結局はそこか、と指摘した俺の前で、滝来の頬にカッと血が上っていった。これもまた珍しい。彼のポーカーフェイスが崩れたところなど見たことがなかった、と、思わずまじまじとその顔を見つめていた俺の視線が彼を我に返らせたようで、はあ、と大きく息を吐くと、改めて俺を真っ直ぐに見据え、肩を竦めてみせた。

「まったく。これほど性格の悪い男を好きになったのは初めてです」

「……………」

利口な滝来は、かつて俺が彼の気持ちを拒絶して以降、この手の言葉を告げたことはなく、あくまでもビジネスライクに接してきた。利口、というよりはそれが彼のプライドだったのかもしれないが、ともあれ、それが二人の今後にとって最良の道だという判断だっただろうに、今更告白か、と俺は半ば驚き、半ば呆れて滝来を見返した。

途端に滝来の顔に、してやったりという笑みが浮かぶ。なんだ、ただ彼は俺に驚愕を与えることで一矢《いっし》を報いたというわけか、と納得し、ここで会話を打ち切ることにした。

「あなたの話はわかりました。が、やはり本件はあなたには関係のないことです。今後口出しは無用に。いいですね」

「いかにあなたが愚かな道に進もうと、ですか？」

淡々と告げた俺に、同じく淡々とした口調で滝来が問い返す。

「そうです」

心配ご無用、という言葉を呑み込み、俺は一言そう言い頷くと、もう下がってくれ、と彼に命じた。

「……能力の高い人間がそれを無駄にしようとしていることに苛ついているのは、私だけではないと思いますがね」

捨て台詞《ぜりふ》を残し、滝来が部屋を出ていく。『私だけではない』というその中には、本社の役員連中もいると仄《ほの》めかしたのだろうが、俺にとっては、それがどうした、で済む問題だった。

部屋を出るときに滝来は振り返って俺をちらと見やったが、俺がなんのリアクションも見せないでいると、それ以上は何も言わず、黙礼してドアを閉めた。

あそこまで言えばもう、彼が出しゃばってくることはあるまい。読めるようで読めない男だ、とこれまでの滝来とのやりとりを思い起こす俺の口から、抑えた溜め息が漏れる。

滝来の言うことは、彼言うところの『世間一般』では確かに正論だろう。仕事というのは当然ながら、ポジションが上になればなるほど面白さが増し、やりがいが生まれる。偉くなればそれだけ与えられる権限が増え動きやすくなる上に、己に与えられるビジネスのスケールも金額も大きくなり、それを無事やり遂げたときの達成感も大きくなる。

そういった意味では、アメリカに行くのは悪い話ではない。ただ、何にプライオリティを置くかは個人個人、違ってしかるべきだと思う。

俺の目標はこの社のトップに立つことではない。もしもそうであったのなら、副社長昇進の話を断りはしなかっただろう。

外資系にヘッドハンティングされる人間は、常に次のステップを目指す。俺も例外ではないが、今のところこの社以上に好条件のオファーがきていないというだけだ。

まあ、それだけ待遇がよいということだが、そこに恩義を感じる甘さは外国人相手には通用しない。日本企業にはないドライさは、俺が転職を考えた理由の一つでもあった。

日本企業も最近では、終身雇用が約束されなくなりつつあるが、それでもウエットな部分は多分に残っている。そのウエットさが苦手で外資系に転職したようなものだが、勤め始めるとすべてが想像以上にドライで、俺にはまさにうってつけの環境だと満足した。

何より人間関係がドライなのがいい。『年功序列』という概念が著しく薄いために、入社年次や年齢での上下関係はほぼないといってよかった。すべてが実力勝負であるので、力がありさえすれば、居心地はとてつもなくよくなる。その代わり、なければ早々に荷物をまとめて立ち去らねばならないという厳しさはあったが、それを厳しいと思うような人間はそもそも勤めてはいなかった。

滝来も普段は実にドライに接してくるのに、今日に限ってあのウエットさはどうしたわけか、と彼の消えたドアを見やる俺の脳裏に、不安さをこれでもかというほど感じさせる長瀬《ながせ》の顔が浮かぶ。

『責任とか負担とかじゃない、そもそも僕にはそんな価値はないと、そう言いたかっただけで……っ』

滝来にかかれば長瀬を追い詰めることなど、赤子の手を捻るようなものだっただろうな、とその場面《シーン》を想像し、つい舌打ちしている自分に気づいて苦笑する。

長瀬の自己評価の低さは何が原因なのだろう。外見にも中身にも、もっと自信を持っていいようなものだが、彼は何かというと『僕なんか』という言葉を口にする。

謙遜は日本人の美徳ともいわれるが、長瀬の場合は『謙遜』ではなく、本気で『僕なんか』と思っている。それが問題なのだ、と俺は溜め息をつくと、眺めのよい高層のオフィスから外を見ようと窓辺へと近づき、ブラインドの間に指を突っ込み隙間を作った。

眼下に広がる東京の夜景が、昨日長瀬と共に見たマンションの窓から見える光景と重なって見える。

方角的にはちょっとずれるが、同じように美しいネオンの海を眺めるうちに、ふと、もし俺がアメリカへ行くという選択をしていたとしたら、事態はどう展開していただろうという考えが頭を掠《かす》めた。

アメリカに行く、だから一緒に来てくれと長瀬に告げたとしたら、果たして彼はついてくるだろうか。

今の会社は辞めなければならなくなる。新しい勤務先は俺と同じ社であれば、俺の進言一つで採用決定となるだろう。長瀬は英語が得意だから、語学で困ることもないし、頭もいいからすぐに仕事も覚え、慣れるだろう。

そういう道もないではなかった。米国のオフィスで彼と働く自分の姿を想像し、悪くない、と思いもした。が、結局俺はその道を選ばず、長瀬に選択もさせなかった。

理由は——表向きには、彼には人生の選択を迫るような真似をしたくなかった、というものだが、実際の理由は、もしも長瀬が日本に残ると言ったら、二人離れ離れとなることに俺自身が耐えられないだろうと思ったためだった。

なんと女々しい理由だ、と自嘲し、ブラインドから指を引き抜く。恋をすると男は女々しくなるものなのか、以前の俺ならおそらく、欲しいものが二つあれば、どちらも手に入れるという選択を迷わずしているはずだった。

栄転に食指が動けば迷わず渡米する。長瀬も失いたくないから無理やりにでも会社を辞めさせ連れていく。

彼の人生なのだから、だの、彼の意思を尊重する、だのにはまるで頓着《とんちゃく》することなく、それどころか、彼の希望を聞くなど思いつきもしなかったに違いない。

これを人間的成長と見るか、女々しさが増したと見るか——前者は己に甘すぎ、後者は己に厳しすぎる見解だな、と、馬鹿げたことを考えながら俺は席に戻り、パソコンの画面を見やった。

CEOからメールが入っている。滝来は思わせぶりなことを言っていたが、本社への召還を断ったあともCEOの態度に変化はなかった。それどころか、今まで以上に日本を拠点とするビジネスに積極的になっている。

俺のやる気を認めてくれた、というより、話に乗る価値ありと認めてくれたのだろう。感情的なごたごたがない分、アメリカ人との仕事はやりやすい。

CEOのメールは既に調査済みの件の問い合わせだったので、すぐに返事を打ち、フォローを頼むという意味で滝来にもコピーを落とした。

滝来からはすぐ、宛先は俺のみで、更に詳細なデータを明日までにまとめる、という返信がきたが、メールの最後にこの一文があった。

『先ほどは感情的になり、大変申し訳ありませんでした』

まだ尾を引いているのか、はたまた吹っ切れたということか。どちらでもかまわない、と俺はその一文を無視し、

『頼みます』

とのみ返信し、他のメールを開きその仕事に意識を集中させていった。

英文を打つ画面にふと、長瀬の顔が浮かぶ。

『……頑張るから……』

思わず漏らした、という感じだったが、彼の意志をこれでもかというほど感じさせる言葉だった。

もしも強引に会社を辞めさせ、さらうようにしてアメリカへと連れていったとしたら、彼の口からこんな『決意』が発せられることはなかっただろう。

俺と共に人生を歩むというのは、紛うことなき彼の意志だ。それがいかに俺の胸を幸福感で満たしてくれるか、きっと長瀬には想像もできないに違いない。

自信のない素振りを見せる彼にそれを教えてやれば、少しは自信に繋がるだろうか。そうだ、帰宅したらそう言ってやろう、と思いながら俺は、少しでも早く彼の許に戻れるよう、意識を仕事へと全面的に切り替え、キーボードを打つ手の速度を上げたのだった。

Takirai SIDE

オフィスの近く、高層ビルのほぼ最上階にあるバーは私のお気に入りの場所で、週に一度は通っている。

気に入っている理由は、午前四時までという遅い――早い、というべきか――時間まで営業していることと、周囲にカップルの客が多く、そういった人たちは二人の世界に入り込むゆえ、誰にも邪魔されずに酒を飲めるためだった。

バーテンが積極的に話しかけてこないのも、気に入っていた理由の一つであったのだが、今夜はそれこそ『珍しい』ことに、バーテンの一人が私に声をかけてきた。

「珍しいですね」

「はい？」

顔馴染みではあるが、注文以外の会話を交わしたことは殆《ほとん》どない。若い綺麗な顔をしたバーテンで、蝶ネクタイに白シャツ、黒ベストという、いかにもなバーテンスタイルがよく似合っている。

性的指向はおそらく私と同じだろうとは以前よりわかっていたが、若者とアバンチュールを楽しむほど暇ではないので、敢えて気づかぬふりをしていた。彼にもそれが伝わっていると思っていたが、と思いつつ問い返した私の声に棘があるのを感じたのか、バーテンは途端に目を泳がせ、

「いえ……」

としどろもどろになりつつ話を始めた。

「……珍しくお酔いになっていると思ったので……お気に障られたのでしたら申し訳ありません」

「いえ、そんなことはありませんよ」

『気に障る』ほどのことではない。気に障るというのは、先ほど交わされたボスとの会話、ああいうものを言うのだ、という思いがまた、私の声に棘を含ませた。

「大変失礼しました」

バーテンが深く頭を下げたあと、そそくさと私の前を離れる。八つ当たりをするなど大人げない、と肩を竦め、グラスの酒を一気に呷《あお》ると、一瞬、目の前がくら、となった。

あのバーテンの言うとおり、いつになく飲み過ぎてしまっている。それも仕方がないのだ。あんな腹の立つことを言われては、と舌打ちしそうになっていた私の前に、そっと酒のグラスが置かれた。

「………」

「あの、お詫びです」

今まで飲んでいたものと同じメニューを勝手に用意してくれたのは、先ほどの顔の綺麗なバーテンだった。

「ありがとうございます」

にっこりと目を細めて笑ってやると、バーテンはあからさまにほっとした顔になり、どこか嬉しげな様子でまた私の前から遠ざかった。

離れながらも、彼の視線が絡みついてくるのがわかる。あまり飲み過ぎると彼相手に過ちを犯す可能性大だな、と苦笑しつつも、彼の奢りのグラスを私は一気に呷っていた。

飲まずにはいられない、などという心理に陥ることは、まずないといっていい。酒に逃げるなど、理性の働く大人のすることではないとすら考えているくらいだ。

それでも今夜、どうしても酒に手が伸びるのは、あの人の——ボスのせいだ、と空になったグラスを、先ほどとは違うバーテンに示してみせる。

「おかわりをお願いします」

「はい、ただいま」

目の端に、酷《ひど》く傷ついた顔になった先ほどのバーテンが過《よ》ぎる。やはりこれは八つ当たりだ、と軽い自己嫌悪に陥ったが、フォローする気はなかった。

すぐに運ばれてきた酒を口へと持っていく私の脳裏に、ボスの顔が蘇《よみがえ》る。

『まったく理解できません。私の転勤とあなたとの間にはなんの関係もありません。たとえ本社に引っ張られたとしても私はあなたも一緒に連れていくという考えは持っていません。期待していたのなら申し訳ありませんが』

この上なく冷たい表情で言われた言葉だった。本当にあの人は性格が悪い、と思わず苦笑し、酒を一口飲む。

どう言えば私が最も堪えるか、それを計算し尽くした上で、ああもビジネスライクな言葉を吐いたのだろう。

別に私とて、アメリカに一緒に連れていってもらおう、などということを考えたわけではなかった。ボスの言うとおり、無関係であることは重々わかっている。

それでもあんな出しゃばったことをした一番の理由は――。

『ジェラシーですか』

これもまた、ボスに指摘されたとおり、ジェラシーのなせるわざだった。

ああも冷静なボスが恋人に対してはベタ惚れであるということに、私は常々疑問を覚えていた。

私の見たボスは、色恋には流されない『自分』というものを持っている男だったのだが、実際はそうではなかったようだ。

普段のボスと恋に流される彼との間に酷くギャップがあるため、もしや『恋に流される』

部分は一過性のものなのではないかと勝手に私は解釈してしまっていた。

熱が冷めればきっと自分の振る舞いを後悔する。そうならないように、と、つい出しゃばった真似をしてしまったが、ボスにとってはやはり余計なお世話だったらしい。

恋などいつかは冷めるもの。その恋に人生を擲《なげう》つなんて、馬鹿な男のすることだ。私のボスにはそんな馬鹿な真似をしてもらいたくない——冷静になってみれば、本当に余計なお世話であると思う。ボスがそれで人生最大のチャンスをフイにしようが、私にはなんの関係もないのに、なぜムキになったのか。

一度ばかりか二度も、わざわざボスの恋人にコンタクトを取り、嫌がらせのような言葉をぶつけたのは、やはりジェラシーのなせるわざ、ということなのだろう、と私はまたグラスを一気に呷ると、

「すみません、おかわりを」

とそれを高く上げた。

「かしこまりました」

私の視線は他のバーテンに向いていたというのに、私の手からグラスを取り上げたのはあの、顔の綺麗なバーテンだった。

まずいな——今夜の私は、そうも積極的に出られると、うっかり誘いに乗りかねない。これは早々に帰るべきだ。最後の一杯にしよう、と心の中で呟くと、

「薄めにしてください」

とバーテンを見やり言葉を続けた。

「……はい……」

バーテンは何か言いかけたが、結局返事だけすると酒を作りにいった。年の頃は二十三、四。服の上からでも均整のとれたいい身体《からだ》つきをしているのがわかる。

細身に見えるが脱ぐと存外逞《たくま》しいのだろう。さぞエネルギッシュなセックスをするんだろうな、などとその姿を目で追いながら考えている自分に気づき、これは危ない、とまた自嘲する。

ああいったタイプは、一度寝るとあとを引くことが多い。その上私は気に入っていたこのバーをも失うことになろう。

やめておくが吉だな、と思い、頷きもしているのに、手早く用意した酒を運んできた彼に私は、にっこりと、あたかも気を引くような笑みを向けてしまっていた。

「ありがとう」

「い、いえ……」

バーテンの顔が真っ赤になっていく。思ったとおり、見かけによらない純情な男だ。手を出せば必ず面倒なことになる。自棄になるな、自棄に――。

自分を戒める己の声が、これでもかというほど頭の中で響いている。わかってるって、と苦笑し、酒を一口飲んだ私の頬に、バーテンの視線が痛いほどに刺さっていた。

ああも熱烈に見つめてくれる男もいるというのに、本当にボスは私に冷たい。その彼が、あのバーテンのような熱烈な視線を向ける相手があの恋人だと——長瀬だということが、どうにも納得できないのだ、と今度はその顔を頭に浮かべながら私は酒を一気に呷った。

滅多に見ないほどの美貌の持ち主であるのに、それにまったく気づいていないのが面白い。人柄がいいのはわかるが、目から鼻へ抜ける利発さがあるようには見えない。庇護欲を注ぎたくなるのはわかるタイプではあるが、それにしてもボスが己の人生を擲ってまで手に入れたい相手とは、私にはどうにも思えない。

それこそ余計なお世話だ。深く付き合えばきっと、彼の魅力が私にもわかるのだろう。浅い付き合いである私にも彼が人好きのするタイプであることはわかるくらいだから、と酒を飲もうとして、既にグラスが空になっていることに気づいた。

「すみません」

またグラスを上げかけ、ああ、これでやめるのだった、と思い出す。

「はいっ」

誰より早く駆け寄ってきたのは、先ほどのバーテンだった。期待を込めた目で私をじっと見つめている。

「帰ります。チェック、お願いできますか？」

「……かしこまりました」

あからさまにがっかりした顔になったが、バーテンはすぐにレジへと向かい、革のバインダーに挟んだレシートを持ってきた。

「カードで」

「かしこまりました。滝来様」

常にカードで支払うために、名を知られているのは不思議ではなかったが、今までは一度も呼びかけられたことはなかった。

アピールか、と苦笑する私の前に、カードの明細とペンが差し出される。

「サインをお願いいたします」

「はい」

サインをするとき、思った以上に字が歪んでしまったことに内心驚いた。相当酔っているようだ、という自覚のもと、伝票の控えを受け取り、スツールから下りる。

「ありがとうございました」

酔いはしていたが足下がふらつくほどではなく、私はバーテンたちの声に送られ、店をあとにした。エレベーターホールでエレベーターがくるのを待ち、やや混雑した箱に乗り込む。

この高層ビルには飲食店も多く入っているため、エレベーター内には恋人同士もいれば、会社の飲み会の流れと思《おぼ》しきサラリーマンたちもいた。一人で飲みに来たのは私だけか、と、同乗者を見渡す私の胸に、昔の苦い恋の思い出が一瞬だけ立ち上った。

恋、か——。

ボスに対して、恋愛感情を抱いているのか、と問われたら——誰が問うかという話だが——返事に困るだろう。恋愛ではないのかと問われてもまた返事に困るだろうが、などと考えているうちにエレベーターは一階に到着し、皆が先を争うようにして降りていった。

一番最後に降り立ち、タクシー乗り場へと向かって歩きながら、自分のボスへの気持ちは果たしてなんなのか、と考える。

彼に拒絶されたことをまだ根に持っているのだろうか。プライドが傷ついたから、なんとしてでも振り向かせてやると思っていると——？

そこまでしつこい性格ではないし、そこまでのプライドも持ち合わせていない。

それならなぜ、こうもボスに執着してしまうのか。

多分——ボスが自分にとっては完璧な男に見えるからだろう。

私が恋をするのにあれほど相応しい男はいない。だからこそああも躍起になって振り向かせようとしてしまうのだ。

「……馬鹿か」

恋をするのに相応しいとか相応しくないとか、それこそ無駄な『価値観』だ、と苦笑した私の胸には、こうと説明できない思いが重苦しく横たわっていた。

「……恋、か……」

我知らぬうちに私の口から、その言葉が漏れる。自身の声にはっとし、思わず足を止めたそのとき、後ろから私の名を呼ぶ声が響いてきた。

「あの、滝来さん……っ」

「………」

その声は、と予想しながら振り向くと、思ったとおりそこには先ほどの顔の綺麗なバーテンが息を切らせて立っていた。

「あの、送ります。随分お酔いのようですし……」

バーテンは私服に着替えていた。まだそこまで暑くはないだろうという季節であるのに、Tシャツ一枚にジーンズ、というカジュアルな姿である。

これもまた私の予想どおり、バーテンは非常にいい身体をしていた。Tシャツ越しに綺麗に引き締まった筋肉が見える。

一瞬私の中で欲情の焔《ほむら》が立ち上った。彼はがむしゃらなセックスをするだろうという予測もおそらく当たっているはずだ。

激しい突き上げに翻弄され、最後は意識を飛ばして眠りにつく——そんな夜を過ごすのも、いいかもしれない、と気持ちが揺らぎかけた私の足が、バーテンへと向かう。

バーテンが嬉しそうに私に駆け寄ってくる。そのとき端整な彼の顔とボスの冷静な顔が一瞬重なって見えた。

途端に私の気持ちは冷め、彼へと向かいかけていた足を止めると、私に対しそれこそ尻尾を振りかねない様子のバーテンに対し、冷たくこう告げていた。

「ご親切にどうも。でもあなたにそこまでしてもらう謂われはありませんので」

「…………っ」

慇懃無礼にしてビジネスライクなこの言い方は、まさに私がボスに言われたのと同じような意味の言葉だった。

『あなたの話はわかりました。が、やはり本件はあなたには関係のないことです。今後口出しは無用に。いいですね』

「今後もあの店には通いたいもので。深入りはお互いやめましょう」

更にボスの台詞《せりふ》と同じ意味合いの言葉を続け、それでは、と微笑んでから前を向いて歩き始めた私の背に、バーテンの視線が刺さるのがわかる。

これぞまさに八つ当たりだ。その上私は今宵の眠りをも失った。帰宅後もおそらく私はあれこれと考え、眠れぬ夜を過ごすことだろう。

それもこれもボスのせいだ、と、それこそ八つ当たりをしている自分に気づき、馬鹿か、と自嘲する。

一夜限りのアバンチュールを楽しむ気力を失わせたのは、ボスの一途な恋に当てられてしまったためだ。

しかし逆に言えば、そのおかげで私は行きつけの店を失うことを避けられただけでなく、あとを引くであろう若いセフレとのやりとりにうんざりすることもなくなったわけだ。

そういう意味ではボスに感謝をしなくては——と、またも馬鹿げたことを考えている自分自身に苦笑すると、どうせ眠れぬであろう今宵は『恋』について深く考察でもしてみるか、と更に馬鹿げたことを考えつつ、一人タクシー乗り場を目指したのだった。

monologue

経費削減の折、近距離は海外でもエコノミークラスを使うようにというお達しがあるものの、さすがにメキシコともなるとビジネスクラスの利用が許される。

ほぼ一日という長時間ゆえ、ありがたいことだ、と思いつつ俺は、ラウンジでモバイルを叩いていた。

先ほど携帯に弟からメールがきて、父の容態も安定しているので安心してくれとわざわざ知らせてきた。一時はどうなることかと思ったが、最悪の事態にならず助かった。弟には、メールどころか海外への電話もかけることができない母にかわり、ときどき様子を知らせてくれと返信したところ、『勿論《もちろん》』とまた返信があったのだが、文末に次の一行があった。

『いい病院に入れたから安心だね。さすがは兄さんだ』

さすがなのは俺じゃなく、桐生《きりゅう》だ、と苦笑したが、弟にわざわざ訂正するのも何かと携帯を閉じ、仕事へと戻った。

メールをチェックする俺の脳裏に、その桐生を動かしてくれた彼の——長瀬《ながせ》の綺麗な顔が蘇《よみがえ》る。

ここのところ長瀬は酷く不安定だった。が、別れしなに見た彼の顔は、幸福感に輝いていた。

ただでさえ人目を惹かずにはいられない美貌が際だって見え、つい『新妻』などとからかってしまったが、あの様子ではおそらく抱いていた『不安』が解消されたのだろう。

彼の『不安』は想像するに、桐生に関することなのではないかと思う。ああも愛されているというのに、なぜか長瀬は桐生の愛情を疑ってばかりいるからだ。

疑う、というのは悪意のある表現か、と己の思考に自嘲した俺の脳裏に、今度は桐生の姿が浮かんだ。

完璧、という言葉が誰より相応しい男である。同年代であるのに年収はおそらく俺の数倍、社会的地位も遥かに高いところにあるのだろう。

私大卒は国立大卒に対し、ある種のコンプレックスを抱くものだが、桐生ほど頭抜けていると、逆にコンプレックスは感じない。自分とはもともと人間の出来が違う、というスタンスで見ることができるためだ。

仕事の面では確かにそうなのだが、こと恋愛となると同じ土俵に立ちたくなるのは困ったものだ――そんなことを考えている自分に気づき、またも自嘲の笑みを浮かべる。

もしもその気になりさえすれば、長瀬をこの腕に抱くチャンスは何度もあった。抱けば何かが変わっていたのかもしれない。長瀬は俺に対してなら、相応しくないとか、本当に愛してくれているのかわからないなどの不安を抱くことはないだろう。

安堵させてくれる人間が――常に傍にいてくれる人間が、パートナーとしては一番相応しい。幸福の青い鳥はすぐ傍にいたのだ、というオチは陳腐すぎるが、俺なら長瀬に心の安寧《あんねい》を与えることができたのではないかという考えは、そう外していないと思う。

だがそれを長瀬が『幸福』と感じるかは別だが、と、ぼんやりとそんなことを考えていた俺は、パソコンの画面に新着メールありの表示を見い出し、はっと我に返った。

誰からだ、と開いてみてまた驚く。打ってきたのは今の今まで頭に思い描いていた長瀬だったからだ。

一体何事だ、と思いはしたが、ああ、挨拶か、と思い直す。義理堅い彼のことだ、きっと帰国する俺に、元気で、などのメールを打ってきたのだろうと予測し開いたその内容は、予想に反し俺を驚かせるものだった。

『名古屋に異動の内示が出た。正直、動揺してる』

本当に動揺したことがわかるその一文のあとに、メキシコに戻る俺を元気づける言葉が続いている。その部分を読み飛ばし、俺は思わず立ち上がると、電話を求め周囲を見回した。ラウンジ内の公衆電話へと向かい、コインを入れて未《いま》だ覚えたままでいた長瀬の会社の席の番号にかける。

繋がる直前、会社にかけたとしても、応対はできまい、と判断し俺は電話を切った。それなら携帯にかけようとして、思いとどまる。

先ほどまで座っていたソファへと戻り、モバイルを取り上げる。長瀬からきたメールを開き、暫《しば》し眺めたあと俺は、そのメールに返信をした。

『自動車部では、名古屋転勤は決して悪い話じゃない。慣れない土地で最初は苦労するかもしれないが、頑張れ。なんでも相談に乗るから』

そこまで打ったあと、『なんでも相談に乗るから』の部分を削除し、送信する。長瀬からはすぐに返信があり、取り乱して済まなかった、と詫びてきた。

そのメールにまた返信したくなる気持ちを抑え込み、モバイルを閉じる。せっかくだからビールでも飲むか、と立ち上がり、飲食物の置いてあるコーナーへと向かいながら俺は、何を意地になってるんだか、と自身の行動にまた自嘲した。

俺は敢えて長瀬を突き放そうとしている。まさに『新妻』よろしく、愛に溢れた表情をしていた彼を思い切るために。

長瀬を愛しいと想う気持ちは今も変わりはない。だがこの気持ちは決して彼には受け入れられないであろうし、いつまでもそんな気持ちを抱いていることは逆に長瀬にとっても迷惑となろう。

だから、敢えて突き放すのだ。友情の名の下に優しい言葉をかけてやるのは容易いし、それは俺の望むことでもある。友としてでも彼の傍にいたい、役に立ちたいというのは俺の願いそのものであるからだ。

ビールを手にソファへと戻り、一気に呷《あお》る。何か腹に入れておくか、とまた飲食物のコーナーを見やったものの、次に俺の取った行動は——。

閉じたモバイルを再び開き、メールを立ち上げる、というものだった。

『取り乱す気持ちもわかる。俺でよかったらなんでも相談してくれ。お前以上に僻地に駐在してるんだ。誰より力になれると思うぜ』

先ほどの長瀬のメールにそれだけ打って返信する。再びモバイルを閉じた俺の口からは、我ながら深い溜め息が漏れていた。

人の気持ちは、頭で計算できるものじゃない。こうあったほうがいい、と思ったところで、制御などできないものなのだ。

俺にとっての『幸福』を新たに探すべきであると思ったはずであるのに、と溜め息をつき、再びモバイルを開いた俺の目に、新着メールありの画像が映る。

『本当に申し訳ない。ありがとう』

返信は期待どおり、長瀬からのものだった。文面を読みながら、礼など言うな、と微笑《ほほえ》んでいる自分に気づき、また俺は自嘲する。

いくら相手が『新妻』の色香をかもしだしていようが、そしていくらこの気持ちが報われることなどないとわかっていようが、当分の間、彼への思いが薄らぐことはないようだ、という諦めを胸に俺はソファから立ち上がると、メールなどではなく直接元気づけてやろうと再び公衆電話へと向かい、足を進めたのだった。

あとがき

はじめまして&こんにちは。愁堂れなです。このたびは十六冊目のルチル文庫となりました、『unison シリーズ』第六弾、『etude（エチュード）～練習曲～』をお手に取ってくださり、本当にどうもありがとうございました。

『unison』シリーズは、私がデビュー前にサイトで連載していた作品なのですが、ちょうど前巻『rhapsody～狂詩曲～』収録の『黄金の休日』を書いたあとに、商業誌のお仕事が多忙となり、サイト更新ができなくなってしまっていました。

あれから六年、こうして続きを書くことができて、本当に嬉しく思っています。当時お読みになっていてくださった皆様には、お待たせしてしまい、本当に申し訳ありませんでした。六年ぶりの『unison シリーズ』の新作、いかがでしたでしょうか。皆様に少しでも楽しんでいただけているといいなあと、お祈りしています。

イラストの水名瀬雅良先生、今回もお忙しい中、本当に素敵なイラストをどうもありがとうございました。先生の描いてくださる桐生と長瀬に、今回もめちゃめちゃ萌えさせていただきました。

カバー折り返しコメントに書いてくださったとおり、実は水名瀬先生とは星座と血液型が一緒なのです（そして私もとっても飽きっぽいです・笑）。個人的に、おそろいだなんて嬉しいなと、ときめいていました（勝手にすみません・汗）。

そこでシリーズのキャラクターの血液型はなんだろう、と今回考えてみたのですが、多分桐生はAB型、長瀬はA型かO型かな〜と思うのですが（そして多分滝来さんはB型）皆さんはどう思われますか？

また、今回も担当のO様には大変お世話になりました。これからも頑張りますので、何卒よろしくお願い申し上げます。

最後にこの本をお手に取ってくださいました皆様に、心より御礼申し上げます。

unisonシリーズはデビュー前から書いていることもあり、自分にとってても大切なシリーズなだけに、皆様にも少しでも楽しんでいただけるといいなと願ってやみません。

よろしかったらお読みになったご感想をお聞かせくださいね。心よりお待ちしています。

シリーズの次は、今回も気になるところで終わっている本編の続きにしようか、はたまた、ちらと出てきた滝来さんの『辛い過去』のお話にしようか、迷っています。来年の今頃発行していただける予定ですので、どちらにせよ頑張りますね。

次のルチル文庫様でのお仕事は、初夏に『暁のスナイパー』の続編を発行していただける予定です。こちらもよろしかったらどうぞお手に取ってみてくださいませ。

今年も皆様に少しでも楽しんでいただける作品を目指し、頑張って書いていきたいと思っていますので。不束者ではありますがどうぞよろしくお願い申し上げます。
また皆様にお会いできますことを、切にお祈りしています。

平成二十二年一月吉日

愁堂れな

＊毎週日曜日にメルマガを配信しています。ご興味のある方は、00569516s@merumo.ne.jp に空メールをお送りくださいませ。
（公式サイト「シャインズ」http://www.r-shuhdoh.com/）
携帯電話用のメルマガですが、パソコンからもお申し込みいただけます。
（以前の配信元より変更しています）
＊今回もまた、気になるところで続いていますので、この「あとがき」のあとに二人のラブラブ？　ショートを入れていただきました。お楽しみいただけますと幸いです。

jealousy

「……まったく、なんなんだよ」

背中でぼそりと呟く長瀬《ながせ》の声が益々俺の苛立ちを誘う。本当になぜここまで自分の美貌に無自覚でいられるのか、まともに鏡を見たことがないのではないかと思いながら、俺は長瀬の声を振り切るように歩調を速めた。

「桐生《きりゅう》？」

駆け寄ってくる長瀬の足音が聞こえたと同時に腕を後ろから摑《つか》まれる。

「……」

肩越しにじろりと睨《にら》むと、長瀬は端整な眉《まゆ》を顰《ひそ》めながら軽く小首を傾《かし》げるようにしてじっと俺を見上げ、細い声で問いかけてきた。

「何を怒ってるんだよ」

「別に」

説明するのも忌々しかった。いや、あまりに理由が端的すぎて、さすがの俺も口にするのが憚《はばか》られた、というのが正しい。俺をここまで苛々させているのは単なる――ジェラシーだった。

週末をいつものように終日ベッドで過ごしそうになっていた俺たちは、あまりに不健康かと、夜、外に食事に出ることにした。散歩がてらぶらぶらと築地《つきじ》の街を歩きながら、前に一度来たことのある『太老樹《たろうき》』という寿司屋に入った。

特別に美味《おい》しい店だというわけではないが、おしつけがましくない接客に前回来た際、好印象を持ったからだ。

長瀬も結構気に入っていたようだったと思い出し、その店を選んだのだが、帰りしな手洗いに立った俺が席に戻ってみると、長瀬の傍には店の人間らしき男が佇《たたず》み、二人して談笑していた。

「またよろしくお願いしますよ」

年齢は三十くらいか、その姿からフロアの責任者らしく見える男が、わざわざ出てきて長瀬の肩を叩いている。

「こちらこそ。先日はお世話になりまして」

屈託ない笑顔を向けている長瀬を見下ろす男は眩しそうに目を細めながら、

「勉強させていただきますから。また是非に」

そう言い、再び長瀬の肩を叩いた。その手がいつまでも肩から退けられないことに、なぜ長瀬は疑問を持たないのか、と思いながら俺が席へと近づいてゆくと、男は慌てたような素振りをし、

「それじゃ、本当に本日もありがとうございます」

頭を下げ、俺に目礼してから店の奥へと戻っていった。

「あ、おかえり」

俺に気づいた長瀬が、あの男に向けたのと同じような屈託ない笑顔を向けてくる。

「帰るぞ」

「え？」

苛つく心のままに言い捨て踵《きびす》を返したとき、視界の端に驚いたように目を見開いた長瀬の顔が過《よ》ぎった。何がなんだかわからないというその顔は俺を更に苛つかせるには充分で、足早に階段を下り、会計を済ませたあと俺は、後ろも振り返らずに店を出てしまったのだった。

「『別に』って…」

取り付く島がないと思ったのか、長瀬の手が俺の腕を離れた。

「…………」

俯《うつむ》いてしまった彼の顔をちらと見下ろした俺の目に、少し酒を飲んだために薄桃色に染まった頬に落ちる長い睫《まつげ》の影が、微かに震えているさまが映る。

本当に、よくぞこんな顔を無防備に晒《さら》しておけるものだと俺は溜め息をつきながら、彼を振り返り尋ねてしまった。

「……あれからまたあの店には行ったのか」

「え？」

睫の影が頬から失せ、見開かれた黒い瞳が驚いたように俺へと向けられる。

「今の店だよ」

「ああ」

長瀬はなんだ、というように頷《うなず》くと、

「うん。この間、接待で使ったんだ。銀座の寿司屋は高いけど、あそこはそれほど高くないし、雰囲気もよかったから…」

そう答えたあと、それがどうしたんだというように俺のことを見上げてきた。

「……ふうん」

そのときにあの店員に目をつけられたというわけか、と俺はまた苛立ちがぶり返してくるのを抑え込み、そっけなく相槌《あいづち》を打つとまた踵を返し歩き始めた。

「桐生と行ったときのことを覚えていてくれたらしくてね、随分まけてもらったんだよ。予約は二時間までだというのに結局三時間くらいいたんじゃないかな。いい店だよね」

俺の胸の内など知らぬ長瀬が、話題にしがみつくように後ろからそう声をかけてくる。その『特別扱い』をまず疑え、と彼にわからせる手立てはないものかと、思った俺の口から大きな溜め息が漏れた。

「……桐生？」

何ごとかというように後ろから駆けより、顔を覗き込んでくる長瀬の背に俺は腕を回す。

「桐生？」

人目を気にして身体《からだ》を離そうとする彼の腰を強引に引き寄せながら俺は、

「帰るぞ」

一言言い捨て、物言いたげな長瀬の視線を無視したまま無言で足を進めた。


「桐生？」

部屋に入ったと同時に唇を塞ごうと抱き寄せると、長瀬は戸惑ったような視線を俺へと向けてきた。俺が何を怒っているのか未《いま》だにわかっていないらしい。

「なんだよ」

「…………」

無言のまま俺を見上げる切れ長の黒い瞳に、玄関の灯りが映って煌《きら》めいている。

よく考えてみれば——いや、考えなくても自分の不機嫌がいかに不当なものであるか、わからなくはないのだが、あまりにも無防備に美貌を晒す彼にはやはり苛立ちを覚えずにはいられない。

何も言わない彼のシャツに手をかけボタンを外し始めると、長瀬は一瞬どうしよう、というように目を泳がせたあと、大人しくされるがままになることを選んだようで、その場にじっと立ち尽くした。

シャツを脱がせ、ジーンズを下ろし、トランクスも脱がせて全裸にした彼を抱き上げ、寝室へと向かおうとした俺は、ふと思いつき行き先をバスルームに変えた。

「……？」

腕の中で長瀬が微かに眉《まゆ》を寄せ、俺の顔を見上げてくる。洗面所の鏡の前で彼を下ろし、肩を摑《つか》んで前を向かせると、自分の裸体が恥かしいのか、長瀬はすぐに目を伏せ、俺の方へと向き直ろうとした。

「見ろよ」

その肩をまた摑んで強引に鏡に向かわせた俺に長瀬は、戸惑ったような視線を鏡越しに向けてくる。

「桐生？」

「少しは自覚しろ」

俺も鏡の中の長瀬の瞳を見つめながら、ゆっくりと唇を彼の首筋に寄せていった。

「自覚？」

唇が首筋に触れた途端、びく、と身体を震わせた長瀬が、俺へと向き直ろうとするのを制しながら、片手を彼の胸に這わせてゆく。

「自分がどんな顔をして話し、どんな顔をして笑っているのか、少しは自覚しろってことだよ」

「顔？」

胸の突起を掌で擦ると、長瀬はまたびくん、と身体を震わせた。俯こうとする頬に俺は頬を合わせて前を向かせ、既に勃《た》ちかけているその胸の突起を指で摘《つま》み上げてやる。

「……っ」

びく、とまた彼の身体が震え、戸惑ったような眼差しが鏡越しに俺へと向けられる。

「綺麗だろう？」

囁きながら少し強く胸の突起を捻ると、

「綺麗？」

長瀬はまた身体を震わせながら驚いたような顔をし、俺の方を振り返ろうとした。

「見ろって」

片手で彼の顎を捕らえて前を向かせ、俺はまた胸の突起を抓《つね》る。

「なにを……っ」

長瀬は軽く首を振り、俺の手を振り解こうとしていたが、俺の手が緩まないことを察すると鏡越しに後ろから抱きこんでいる俺に、非難の眼差しを向けてきた。が、俺が執拗に胸を弄《まさぐ》り続けているうちにその目は潤み始め、息遣いも乱れてくる。

彼自身が勃ち上がりかけてきたのが鏡に映り、気づいた長瀬が自分の手で隠そうとするのを、俺は胸を弄っていた手を下ろして退けさせ、薄紅く色づくそれを握り込んだ。

「……っ」

ゆるゆると扱き上げながら、先端を親指と人差し指の腹で擦ってやると、長瀬はまたびく、と身体を震わせ、俺の腕から逃れようとする素振りをした。勿論《もちろん》逃すはずもなく、扱くピッチを速めながら、顎を捉えた彼の顔に唇を寄せ、頬に、耳朶《じだ》に這わせてゆく。

「……やっ……」

舌先を耳に入れ、音を立ててそこを舐《ねぶ》ると、長瀬はまた、びく、と身体を震わせ抑えられない声を漏らした。洗面台についた彼の両手が細かく震え始め、俺の手を逃れようとするあまりに腰を引くのだが、結果として後ろに立つ俺へと尻を突き出すような姿勢になってしまっていることに気づいたらしい。また身体を捩《よじ》ろうとするのを、俺は強引に押さえつけ激しく彼を扱き上げた。

「あ……っ……やっ……」

俯き、髪を乱しながら頭を振る彼の顎を捉えた手に力を込め、彼の顔を上げさせる。虚ろな瞳が一瞬宙を泳いだが、鏡に映る己の姿を認識したようで、

「な……っ」

狼狽した声を上げたかと思うと、激しく顔を振り俺の手を振り解こうとした。

「……どうした」

更に強い力で彼の顎を捕らえ、耳元で囁きながら彼を扱く手を速める。

「やめ……っ」

目を閉じ叫ぶような声を上げた長瀬に、

「どうした」

と再び囁きながら、俺はその耳朶を噛む。

「……やっ……」

「目を開けてみろよ」

先走りの液を零《こぼ》しているそれを扱く手を緩めてやると、長瀬はほっとしたような表情になり、薄く目を開いた。その液を塗りこめるようにゆるゆると竿を扱き上げている俺の手の間

からは、くちゅくちゅという濡れた音が響いてくる。

「ほら……見ろよ」

俺の言葉に誘われるように長瀬がゆっくりと潤んだ瞳を鏡へと向ける。白皙《はくせき》の頬に血が上り、薄桃色に染まるさまも、天井の灯りを受けて輝く星を湛《たた》えた瞳も、緩く開かれた唇の間から覗く赤い舌も、何もかもがあまりにエロティックに彼の顔を彩り、えもいわれぬ色香を放っていた。

「……や……」

自分の顔を認識すると、やはり長瀬は恥じらいに身を捩り、後ろに立つ俺の胸に顔を伏せようとしてきたが、俺はそれをまた制すると、

「……綺麗だろう？」

そう囁きながら、尚も彼の雄を扱き上げた。

「や……っ……きりゅ……っ……」

腰を引きながら長瀬が目を開き、泣き出しそうな顔をして鏡越しに俺を見る。なぜに俺が己の嫌がることを強いるのか、その答えを求めるような視線が俺を捉えた瞬間、何か抑えられない思いが働き、気づけば俺は彼の目を見つめながら、その昂《たか》まりを煽り立てるかのように、彼を扱く手のスピードを速めていた。

「あっ……っ」

長瀬が高い声を出した――と同時に彼の先端から白濁の液が迸《ほとばし》り出て、ぴしゃ、と音を立てて鏡面に飛び散った。

「……や……」

一瞬弛緩《しかん》したような表情を見せた黒い瞳が、鏡に飛ぶ己の残滓《ざんし》を認めたのがわかった。と同時に、羞恥に顔を歪めた長瀬はいやいやをするように首を横に振り、俺の手を逃れるとそのまま身体を返して胸に縋り付いてきた。

「……」

何時の間にか呆然と彼の表情を見守ってしまっていた俺は、それではっと我に返り、長瀬の裸の背を抱き締めると、耳元に囁きかけた。

「どうした」

達して尚、酷く昂まってきているらしい彼の求めることはわかりすぎるほどにわかっていたし、彼がその雄を摺り寄せてくる己の雄も我慢できぬほどに服の下で張りつめてはいたのだけれど、敢えてそう尋ねてやると、長瀬は紅潮した顔を上げ、潤んだ瞳でじっと俺のことを見上げてきた。

「………」

こんな顔を――すぐにもこの場に押し倒し、その身体を貪り尽くしたくなるような顔を、無防備すぎるほどに無防備に晒す長瀬を目の前に、俺の胸に再び抑えきれない加虐めいた衝

動が湧き起こる。思わず彼を抱き締める手に力が籠《こ》もってしまったその瞬間、

「きりゅ……」

俺より強い力で俺の背にすがり付いてきた長瀬の顔が微笑《ほほえ》んでいることに気づき、俺はまじまじと彼の潤んだ黒い瞳を見下ろしてしまった。

「……桐生……」

長瀬の瞳に俺の顔が映って見える。昂まる自分を抑えられず、欲情に濡れた瞳で俺を誘うこの顔は——きっと俺以外の誰にも見せぬものだろう。

「……」

本当に——このままこの胸に閉じ込め、誰の目にも晒さぬことができるのなら、どれだけ心の平安を保てるだろう、と苦笑しながら俺は彼に唇を寄せ、求めるように開かれた唇に貪るようなくちづけを与え始めた。

「……っ」

身悶えるように身体を捩る長瀬を抱き直した俺の目の端に、鏡に飛んだ彼の残滓が映る。その瞬間の彼の紅潮した頬をも思い出してしまった俺は、再び俺だけに見せるその淫蕩《いんとう》な顔を見ようと、彼の身体を抱き締める手に力を籠め、唇を貪り続けた。

✦初出　etude 練習曲……………書き下ろし
価値観の相違 ……………書き下ろし
monologue………………書き下ろし
jealousy …………………同人誌掲載作品（2003年8月）

愁堂れな先生、水名瀬雅良先生へのお便り、本作品に関するご意見、ご感想などは
〒151-0051 東京都渋谷区千駄ヶ谷 4-9-7
幻冬舎コミックス　ルチル文庫「etude 練習曲」係まで。

幻冬舎ルチル文庫
etude《エチュード》 練習曲

2010年1月20日　　第1刷発行

✦著者　愁堂れな　しゅうどう れな

✦発行人　伊藤嘉彦

✦発行元　株式会社 幻冬舎コミックス
〒151-0051 東京都渋谷区千駄ヶ谷 4-9-7
電話 03(5411)6432［編集］

✦発売元　株式会社 幻冬舎
〒151-0051 東京都渋谷区千駄ヶ谷 4-9-7
電話 03(5411)6222［営業］
振替 00120-8-767643

✦印刷・製本所　中央精版印刷株式会社

✦検印廃止

ISBN978-4-344-81865-1　C0193　Printed in Japan